KB094862

FUSION FANTASTIC STORY

고고33 장편소설

세무사

차현호

세무사 차현호 6

고고33 장편소설

초판 1쇄 찍은 날 § 2016년 5월 16일
초판 1쇄 펴낸 날 § 2016년 5월 23일

지은이 § 고고33
펴낸이 § 서경석

편집책임 § 이지연

펴낸곳 § 도서출판 청어람
등록번호 § 제387-1999-000006호
등록일자 § 1999. 5. 31
어람번호 § 제1-2436호

주소 § 경기도 부천시 원미구 부일로 483번길 40 서경B/D 3F (우) 14640
전화 § 032-656-4452 팩스 § 032-656-4453
http://www.chungeoram.com
E-mail § chungeorambook@daum.net

ⓒ 고고33, 2016

ISBN 979-11-04-90805-7 04810
ISBN 979-11-04-90613-8 (세트)

FUSION FANTASTIC STORY

고고33 장편소설

세무사

치원효

6

청어람

세무사
차원호

목차

30장

조력자

혼란.

지금 카터의 머릿속이 그러한 상태였다.

'왜지?'

차현호는 왜 그런 무모한 도주를 감행한 것일까.

아무리 생각해 봐도 그럴 이유가 전혀 없었다.

설사 FBI의 접근 사실을 엘린에게 얘기했다고 해도 그것이
금요일의 도주 사건을 설명할 수는 없었다.

도주에 성공한들 결국에는 미국 내인데 차현호가 어디를
가겠는가.

엘린의 범죄 계획에도 차현호가 몸을 숨긴다는 것은 계산되지 않았을 것이다.

그만큼 상식적으로는 이해가 되지 않는 너무도 뜬금없는 행동이었다.

'대체 왜.'

똑똑.

카터의 사무실 문을 누군가 노크했다.

"들어오게."

허가가 떨어지자 요원이 사무실 문을 열고 들어왔다. 금발을 치렁치렁 흔들며 앞에 선 요원에게 카터는 물었다.

"PA는?"

"별다른 이상 징후는 없습니다."

"미스터 차의 도주 사실을 모르는 건가?"

그것이 아니라면 차현호와 연락이 닿고 있다는 얘긴데.

"엘린의 움직임은?"

"평소와 다름없습니다. 프로그램과 관련해서도 계획을 변경할 조짐은 보이지 않고 있습니다."

카터는 잠시 몇 가지 경우의 수를 떠올렸다. 금세 생각에 잠긴 그에게 요원이 나직이 물었다.

"미스 강의 경호원들은 어떻게 할까요?"

그들은 86스트리트 지하철에서 추격전을 벌였고, FBI에 체포됐다.

"뉴욕에서 감히 추격전을 했어. 당연히 추방이지. 이민국에 넘겨."

"예, 알겠습니다."

그녀가 나가자 카터는 푸석해진 얼굴을 쓸어내렸다.

식어버린 커피 잔을 손에 쥐고 입에 가져오던 그가 멈칫했다.

'설마… 미스 강 때문에?'

카터는 다시 커피 잔을 내려놓았다.

새로운 추론이지만 여타의 추론보다 가능성이 있다.

'이걸 노렸단 말인가…….'

그동안 FBI는 강설희를 지켜봤다. 론다 윤이 미국에 있을 때 그녀와 잦은 만남을 가졌기 때문이다.

그리고 차현호는 무슨 이유에서인지 뉴욕에 와서 그녀를 지켜봤다.

카터는 차현호와 그녀 사이에 FBI가 미처 모르는 과거가 있을 거라고 추론했었다.

그렇다면 어제 차현호가 강설희의 경호원들을 추방하기 위해서 그런 쇼를 벌였다는 것을 납득할 수 있다.

'아니야.'

생각의 끝에서 카터는 고개를 가로저었다.

도주라는 것이 과연 일반인이 떠올릴 만한 생각이란 말인가.

물론 도주 자체는 도저히 믿기 힘들 정도로 완벽했다.

차현호가 도주 중 위치 추적 칩을 강설희의 경호원에게 붙인 데는 입이 딱 벌어질 순발력이었다.

FBI는 그 때문에 차현호를 놓치고 말았다.

그도 그럴 것이 그와 똑같은 행색을 한 동양인 일곱이 지하철을 휘젓고 있는데 어떻게 구분을 하겠는가.

더구나 위치 추적 신호까지도 지하철 통로에서 맴돌고 있은 탓에 FBI는 차현호가 지하철을 타고 빠져나갔단 사실도 한참 뒤에야 깨달았다.

똑똑.

다시 들린 노크 소리에 카터가 이마를 찌푸렸다. 생각을 방해받은 기분이었다.

"들어오게."

문을 열고 들어온 이는 아까의 요원이었다.

"뭐지?"

"전화가 왔습니다."

"전화? 누군데?"

"그게……."

＊　　　　＊　　　　＊

가끔 어느 날은 삶을 끝내고 싶다는 충동이 하루에도 몇 번씩 고개를 들었다.

잠을 자다가도, 밥을 먹다가도, 거리를 걷다가도.

눈을 뜬 설희는 천장에서 시선을 떼지 못했다.

흘러내린 눈물이 그녀의 관자놀이를 스치고 귀를 적셨다.

달콤한 꿈이었다. 그 사람이 꿈에 나타나 볼을 쓰다듬고 안아주었다.

그래서 지금 순간은 자신이 살아 있는 것이 너무도 고맙고 감사했다.

"하……."

긴 한숨과 함께 설희는 침대에서 몸을 일으켰다. 그리고 창가를 바라봤다.

그제야 그녀는 간밤의 일이 꿈이 아니었음을 깨달았다. 그 깨달음에 숨이 멎어버릴 것 같았다.

창가에는 그 사람이 있었다. 창 너머 들어온 햇볕을 등지고 그녀를 보고 있었다.

그가 다가왔다.

"몇 시간을 자는 거예요? 우리 집에서는 이렇게 늦잠 자면 어머니한테 혼나야 되는데, 모르죠?"

현호가 짓궂게도 인상을 썼다. 제 허리춤에 손을 얹고 그녀를 호통치고 있었다.

"안 되겠다. 아주 따끔하게……."

하지만 그는 더 이상 얘기를 잇지 못했다. 설희가 그의 목을 끌어안았고, 흐느꼈기 때문이다.

"하……."

그녀가 깊은 숨을 토해냈다.

"흐흑……."

그녀의 체온을 고스란히 느낀 순간부터 현호는 더 이상 장난을 칠 수 없었다. 그저 손을 들어 그녀의 등을 감싸줄 뿐이었다.

"이제… 괜찮을 거예요."

그리고 아무런 말도, 아무런 생각도 할 수 없었다.

지금은 그저 그녀의 아픔만을 어루만져 줄 뿐이었다.

*   *   *

한참 만에야 현호는 눈물을 그친 설희를 마주할 수 있었다.

그녀가 퉁퉁 부은 눈으로 미소를 보였다.

현호는 마치 오랜 연인처럼 그녀의 볼을 쓰다듬었다. 부드럽고, 또 따뜻했다.

"무슨 일이 있었던 거예요?"

질문이 너무 무거웠던 걸까.

그녀는 대답을 주저했다. 그저 꾹 다문 입술에 미소인지 슬픔인지 모를 것을 달고 있었다.

현호는 그녀의 입술에 가볍게 입맞춤을 했다.

하지만 이미 그녀에게 다가갈 때부터 결코 가볍게 끝나지 않을 것을 알았다.

"하……."

입맞춤이 격렬해지자 그녀의 붉은 입술 틈에서 짧은 숨이 새어 나왔다.

그러자 현호는 달아오른 심장을 식히려 그녀에게서 떨어졌다.

두 사람의 입술은 뜨거움만 남기고 제자리를 찾았다.

설희는 그의 온기가 남은 제 입술을 아쉬운 듯 깨물었다.

"쉬고 있어요."

현호는 그녀를 뒤로하고 일어나려 했다. 그 순간 설희가 그의 손을 다시 붙잡았다.

"가지 말아요."

현호의 눈동자가 흔들렸다. 이대로 그녀를 안고 싶었다.

"뭐라도 좀 먹어야죠. 잠깐 슈퍼 좀 다녀올게요."

"빨리… 와야 해요?"

현호는 불안해하는 그녀를 미소로 달랬다.

철컥.

모텔을 나온 그는 주변을 눈에 담았다.

혹여나 싶었지만 다행히 별다른 특이점은 보이지 않았다.

슈퍼로 향하며 현호는 론다 윤에게서 들은 얘기를 떠올렸다. 설희의 모친이 죽기 전까지 한동안 곁에서 모셨다는 여자.

'방옥자…….'

그 여자의 정체는 바로 강남세무서 앞에서 김밥을 팔던 할머니였다.

그녀는 장선자 세무사를 통해 자신이 보유한 나대지를 담보로 금진은행에서 불법 대출을 받았다.

하지만 그 일로 검찰에 불려가자 현호가 윤선기 검사에게 부탁해서 그녀에게 도움의 손길을 보낸 적이 있었다.

그런데 그녀가 바로 설희의 모친을 곁에서 지켜줬고, 설희의 어린 시절을 함께한 유모였다.

현호는 마치 잘 짜인 각본처럼 이어진 그녀와 자신의 인연에 놀랄 수밖에 없었다.

그리고 미국에 오기 전, 그는 론다 윤에게서 받은 주소지가 적힌 메모를 들고 그녀를 찾아가 만났다.

'하…….'

신호등 앞에서 현호는 걸음을 멈췄다.

조금 지쳐서 한숨이 나왔다.

잠시 신호를 기다리는 동안 그는 눈을 찌푸려 그때의 기억을 떠올렸다.

＊　　　＊　　　＊

"어떻게……."

방옥자는 많이 놀랐는지 얼굴을 바르르 떨었다.

현호 역시도 놀라기는 매한가지였다.

"그럼, 이 얘기가 사실인 건가요?"

"하……."

방옥자는 몇 번에 걸친 한숨 끝에 고개를 끄덕였다.

그러면서도 믿기 어렵다는 시선으로 다시 현호를 바라봤다.

"어떻게 이런 인연이 있는지……."

"저는 곧 뉴욕으로 갑니다. 가서 설희 씨를 만날 겁니다. 지금 그 사람, 많이 힘들다고 합니다."

"아가씨… 많이 컸지?"

"마지막으로 본 게 언제인데요?"

"그게 진우, 그 아이가 왔을 때였으니까……."

현호는 강진우의 이름이 언급되자 미간을 살짝 찌푸렸다.

"벌써 십수 년이 흘렀네."

"듣기로는 설희 씨의 모친께서 유언장을 남겼다고 들었어요."

론다 윤은 그 사실을 확인하려 방옥자를 만났다고 했다.

그렇지만 그 어떤 질문에도 방옥자는 입술을 굳게 다물었다고 한다.

그런데 지금 방옥자는 망설임 없이 바로 고개를 끄덕였다.

"있어. 있고말고."

현호는 마른침을 삼키며 그녀의 다음 말을 기다렸다.

"그래, 맞아. 그래서 아가씨가 미국에 묶여 있는 거야."

"그 유언장 내용이 뭔데요?"

"아가씨가 성인이 되면 사모님이 보유한 삼현호텔의 주식을 물려준다는 내용인데……."

"주식… 이요?"

순간 방옥자가 현호의 손을 덥석 잡았다. 주름진 눈가에는 눈물이 그렁그렁 맺혔다.

"공무원 양반……. 사모님이 나보고 그 유언장에 대해서 함구하라고 했어. 절대 어디 가서 얘기하지 말라고, 얘기하면 절대 안 된다고. 그러면 아가씨가 다친다고."

"지금 그 유언장, 어디 있어요?"

"그때 사모님이 아끼는 고가구에 직접 숨겼는데, 그러고는 미국에 자주 머무시던 별장에 고가구를 옮겨놨어."

"별장이라고요?"

"그래, 맞아. 아가씨 앞으로 된 별장이었어."

방옥자가 기억하는 것은 거기까지였다. 그녀는 약속을 지켜 지금까지 함구하고 있었다.

아니, 잊었다는 표현이 더 정확할 것이다.

그렇지만 그녀의 기억은 또렷했고, 정확했다.

이후 현호는 찬대미를 통해 몇 가지 사실을 확인했다.

먼저 삼현호텔이 삼현그룹의 지주회사라는 사실을 알았다. 현재 삼현그룹 회장은 총 22퍼센트의 삼현호텔 지분을 보유하고 있는 최대주주다.

그리고 어렵게 한 가지를 더 알아냈다.

설희가 이미 삼현호텔의 지분 7퍼센트를 보유하고 있다는 사실이었다.

지금은 고인이 된 그녀의 외할아버지, 즉 삼현그룹 선대 회장에게 삼현호텔의 지분 7퍼센트를 물려받은 것이다.

거기에 만약 설희가 모친의 유언대로 지분을 받게 된다면, 그것이 얼마인지 모르겠지만 삼현그룹 회장이 보유한 것보다 많게 된다면.

이론상으로는 삼현그룹의 주인이 바뀌게 된다.

그것이 설희가 미국에서 한국으로 돌아올 수 없는 이유였다.

*   *   *

"만나서 반갑습니다."

예쁜 미소를 지닌 백인의 모습에 민대호는 내심 들뜬 얼굴이었다.

서로 악수를 나눈 후, 자신을 엘린이라고 소개한 여자가 민대호에게 앉을 것을 권유했다.

그러자 민대호는 옆으로 고개를 돌려 자신의 딸과 눈을 마주했다.

"앉자꾸나."

두 사람이 자리에 앉자 엘린도 자리에 앉았다.

"이렇게 유능한 분과 마주하게 돼서 영광입니다."

민대호의 인사말에 엘린이 환히 웃었다. 그녀는 웃을 때 하얀 이가 유독 돋보이는 여성이었다.

"과분한 칭찬 감사합니다. 사실 유능함을 따지면 미스터 민께서 더 대단하죠. 이 먼 타국까지 능력을 인정받아 파견 근무를 오신 거니까요."

"하하, 그런 말씀 마십시오."

"아니에요. 거기에 이렇게 아름다운 따님도 있으시고, 정말 멋있는 아버지세요."

"하하하."

흡족하게 웃는 민대호를 보며 엘린은 그 옆의 민서현이라는 여자에게 미소를 보였다.

서로가 잠시 눈이 마주치자 엘린이 얘기를 이어갔다.

"오늘 이렇게 뵙자고 한 건, 미리 말씀드렸듯 저희 PA가 한국 사업 투자를 위해 인재를 영입하기 위해서입니다."

"흠……. 그렇군요."

민대호 역시 PA에 대해서는 어느 정도 알고 있기에 그녀가 말하는 투자의 방향이 얼추 짐작됐다.

'하긴, 무기 거래이니만큼 인맥이 중요하겠지.'

민대호의 생각을 아는지 모르는지 엘린은 계속 얘길 꺼냈다.

"사실 우린 그동안 미스터 민뿐 아니라 한국의 많은 인재를 주시했습니다. 그 결과 미스터 민과 제가 지금 이 자리에 있는 거죠."

기분 좋은 말로 마무리한 엘린이 어깨를 으쓱 올리며 민대호를 향해 한 번 더 미소를 보였다.

"하하, 얘기만으로 기분이 좋네요."

"저희가 미스터 민에게 해드릴 수 있는 걸 적은 서류입니다."

엘린이 서류 한 장을 내밀었다. 겨우 한 장의 종이지만 그 무게가 매우 무거울 것 같은 기분을 느끼며 민대호가 손에 집었다.

'헉! 이렇게나?'

종이를 본 민대호가 숨을 흡 들이켰다.

10년 계약에 연봉이 무려 100만 달러였다. 그것도 5년 이후부터는 300만 달러. 토털 2천만 달러의 계약서였다.

얼떨떨했다.

그는 한국의 일개 공무원일 뿐이다. 물론 외무부(훗날 외교통상부) 소속 공무원인 만큼 그 인맥과 영향력이 남다를 수밖에 없긴 하지만.

'이 정도면 공무원 생활 접을 만하지.'

제아무리 잘나도 결국에는 직장인이다. 그런데 예상치 못한 곳에서 금줄이 내려왔다. 그러니 지금 순간 민대호의 가슴이 떨리지 않을 수가 없었다.

"아, 따님하고도 상의를 하셔야죠. 저는 잠시 자리를 피해드리겠습니다."

엘린이 자리에서 일어나자 민서현이 속삭이듯 아버지에게 물었다.

"아빠, 어떤 내용이에요?"

"허허, 놀랄 '노' 자구나."

"왜요?"

그녀가 재촉하듯 묻자 민대호가 종이의 내용을 짚어가며 설명했다.

"무려 2천만 달러짜리 계약이야."

"예? 2천만 달러?"

환율을 9백 원으로만 잡아도 180억이다.

"더 대단한 건 말이야, 세금도 회사에서 처리해 주겠다는 항목이 있어."

민대호는 흥분했는지 침까지 튀겨가며 종이에 적힌 옵션 항목을 가리켰다.

아무리 거액의 연봉이라도 주에 따라 세금의 50퍼센트까지도 떼 가는 나라가 미국이다. 그런데 그것까지도 PA에서 대신 내주겠다고 한다.

"하……. 이제야 이 민대호가 인정을 받는구먼."

민대호는 스스로가 자랑스러워 혼잣말과 함께 고개를 끄덕였다. 그런 아버지를 보는 민서현의 얼굴에도 미소가 가득했다.

"근데 듣자니 한 사람이 더 있다고 했는데."

"한 사람이요?"

"글쎄다. 이 자리에 한 사람을 더 초대했다는구나."

"그래요?"

마침 엘린이 다시 자리에 왔다.

"어떻게 상의는 해보셨어요?"

엘린이 눈을 반짝이며 물었다.

그러자 내내 기뻐하던 민대호가 조금 흥분을 가라앉히고 물었다.

"혹시 문제가 생길 만한 일이 있을까요?"

PA가 자신에게 바라는 거야 로비밖에 더 있겠는가.

문제는 미국이야 로비스트의 존재가 합법이지만 대한민국

은 다르다는 점이다.

엘린도 민대호의 우려를 눈치챈 듯했다.

"걱정하지 마세요. 한국에 직접 가실 일은 없습니다. 그쪽에는 오늘 소개해 드릴 분이 움직이실 겁니다."

"아, 그래요?"

민대호가 내심 다행이라는 얼굴로 고개를 끄덕였다.

그때 엘린이 레스토랑 출입구를 향해 시선을 돌렸다.

"아, 저기 오네요."

그 말에 민서현이 천천히 고개를 돌렸다.

*   *   *

"여기는 론다 윤, 그리고 이쪽은 한국에서 오신 민대호."

엘린이 가운데서 친절하게 양측을 서로에게 소개했다.

민대호는 론다 윤과 짧은 악수를 나눈 뒤, 자신을 소개하며 그녀에게 물었다.

"저는 외무부 소속 공무원입니다. 혹시 한국 분이신가요?"

"자라기는 미국에서 자랐습니다."

"아, 그렇군요."

"따님이신가 봐요?"

론다 윤이 미소와 함께 민대호의 옆을 바라봤다.

민서현이 매끄럽지 못한 미소를 보이며 그녀와 악수를 나눴다.

"그럼 다들 자리에 앉으실까요?"

식사와 함께 시작된 대화는 내내 화기애애했다.

론다 윤이 오기 전까지는 다소 분위기가 무거웠던 게 사실이다.

엘린이 미소를 보이고 민대호가 과장된 웃음으로 대화를 이어갔어도 자리의 특성상 묵직함이 있었다.

하지만 론다 윤이 오고 나서는 마치 파티의 한 자리에 온 것 같은 분위기가 이어졌다.

일에 대한 무거운 얘기가 언뜻언뜻 나오기는 했지만 이야기가 깊어질라치면 론다 윤이 다양한 화제를 적절히 섞어 분위기를 이어갔다.

그리고 민서현으로서는 사실 이 자리에서 이어지는 얘기에 문외한이나 다름없었기에 불편할 수밖에 없었다.

엘린의 초대가 아니었으면 그녀가 참석할 수가 없는 자리였다.

그렇지만 론다 윤이 이따금 한국에 관한 얘기를 물어오고, 또 주고받으면서 가끔은 민서현에게 초점이 맞춰질 때가 있었다.

타인의 주목을 받는다는 것은 어느 때는 불편할 수 있지만, 어느 때는 기분 좋은 일이기도 했다.

그만큼 론다 윤은 자유자재로 포커스를 움직이고 있었다.

그녀의 웃음과 미소는 경망스럽지도, 그렇다고 너무 인위적이지도 않았다.

민대호는 그런 론다 윤에게 흠뻑 빠진 모습이었다.

"그럼, 연락 기다리겠습니다."

식사가 끝나고 레스토랑을 나왔다.

"예."

엘린은 민대호와 민서현을 직접 배웅했다.

두 사람이 탄 차가 떠나는 것을 미소와 함께 지켜봤다.

"어떤 사람 같나요?"

엘린의 질문에 론다 윤은 오늘 본 민대호에 대한 자신의 평을 얘기했다.

"한국의 수많은 공무원과 크게 다르지 않더군요."

론다 윤은 자신이 로비할 때 본 수많은 공무원을 떠올렸다. 먹고, 재우고, 챙겨주면 그들은 간까지 꺼내 보일 정도로 충성도를 보였다.

"그가 제안을 받아들일까요? 동양인의 표정은 도통 알 수가 없어요. 웃거나 화나거나 늘 그 두 가시뿐이니까."

인종차별적인 발언이었지만 론다 윤은 엘린의 말에 개의치 않았다.

"받아들일 겁니다."

민대호가 생각을 해본다고는 했지만, 이미 PA의 제안을 받아들인 표정이었다.

하지만 민대호가 PA와 계약을 할 일은 없을 것이다.

그는 이용만 당하고 버려질 테니까.

탁.

엘린은 자신의 차에 올라타면서 다시 론다 윤을 바라봤다.

서로의 눈이 마주치자 론다 윤이 물었다.

"그런데 차현호는 어디에 있나요?"

"그는 일이 있어서 잠시 개인 활동을 하겠다고 하더군요."

"그렇군요."

론다 윤은 개인 차량을 가져왔기에 엘린의 차에 함께 타지 않았다.

한발 물러나려는 그녀에게 엘린이 말했다.

"아, 한 가지 변동 사항이 있어요."

"어떤 변동 사항을 말씀하시는 건가요?"

"차현호도 이 계획에 포함시킬 겁니다."

"그게 무슨… 설마 차현호도 민대호와 같이……."

"맞아요."

엘린이 고개를 끄덕이며 미소를 보인 순간, 론다 윤의 입꼬리가 가라앉았다가 다시 올라왔다. 아주 찰나였다.

"아, 그렇군요."

"차현호가 한국에서 꽤 영향력이 있으니까 추후에 우리의 일에 적잖이 도움이 될 겁니다."

엘린의 차가 레스토랑을 떠나자 론다 윤은 자신의 차에 올라탔다.

차 키를 붙든 그녀의 얼굴이 가득 찌푸려졌다.

'차현호를 희생양으로 만들겠다고?'

그건 차현호를 미국으로 직접 보낸 론다 윤의 계획이 아니었다.

하지만 지금 상황을 보니 뉴욕에서의 일이 그녀의 예상과 다르게 흐르는 모양이었다.

'이럴 수가……'

어디서 틀어진 걸까.

엘린이 앞으로 벌일 일은 PA 내부에서도 그녀의 측근들만 알고 있는 일이다.

지난번 PA는 국세청에 보기 좋게 물을 먹었고, 엘린은 단순히 국세청에 복수할 계획으로 그 일을 계획했었다.

하지만 그 계획은 한층 더 보완되고 수정되면서 급기야 이제는 멈출 수 없을 정도도 일이 크게 진행되고 있었다.

'실수였어.'

엘린에게 차현호에 대한 보고를 하는 것이 아니었다.

PA의 로비스트는 일의 진행 상황을 하나도 빠짐없이 자신들의 담당 지사장에게 보고해야 한다.

그래서 론다 윤은 차현호에 관한 것을 엘린에게 빠짐없이 보고해 왔다.

하지만 그것이 변수가 된 듯하다.

엘린은 차현호를 이 일에 엮어 넣음으로서 추후 한국에서 벌이는 자신들의 일에 문제가 발생할 시, 앞으로 일어날 차현호 문제를 들먹여 트집을 잡을 생각인 것이다.

자국 산업을 보호하는 측면이 강한 미 정부를 등에 업고 차현호의 문제를 들먹이며 한국 정부를 압박하겠다는 계획.

론다 윤은 엘린이 차현호의 영향력 운운하는 모습에서 단박에 그 계획을 눈치챌 수 있었다.

똑똑.

발레파킹 직원이 차창을 두드렸다.

"선생님, 뒤에 차들이……."

"예."

아직 생각이 정리되지 않았지만 론다 윤은 서둘러 레스토랑을 빠져나갔다.

*　　　　*　　　　*

보행자 신호로 바뀌자 현호는 방옥자에 대한 생각을 뒤로 하고 횡단보도를 건넜다.

하지만 그의 발길은 슈퍼마켓이 아닌 인근의 강으로 향했다.

뉴욕은 바다와 강을 끼고 있는 낭만적인 도시다.

문득 강설희와 함께 이곳에서 살면 어떨까, 하는 생각이 들었지만 현호는 피식 웃고는 고개를 가로저었다.

현수교(懸垂橋)가 보이는 산책로에 들어서자 꽤 많은 사람이 휴식과 여유를 즐기고 있는 모습을 볼 수 있었다.

관광객들도 보였고, 뉴욕의 시민들도 보였다.

현호는 걸음을 계속했다.

그러다가 벤치에 다리를 꼬고 앉아 타임스 잡지를 보고 있는 남자의 곁에 앉았다.

바람이 불어와 현호의 머리카락이 정신없이 흩날렸다.

"바람 때문에 무전은 조금 힘들겠네요."

현호가 속삭이듯 말하자 남자가 잡지를 넘기며 나지막이 말했다.

"FBI 뉴욕 지부장 릭 카터입니다."

"차현호라고 합니다."

서로가 악수를 나눌 자리는 아니었다.

카터는 여전히 잡지에 시선을 집중하며 현호에게 물었다.

"어제의 도주는 미스 강의 경호원들 때문이었습니까?"

그 질문에 현호는 바로 대답했다.

"그렇게 알고 있다면 얘기하기는 편하겠네요."

"미스 강의 경호원들은 추방될 겁니다. 하지만 또 다른 경호원들이 들어오겠죠."

"그걸 막아주셔야 할 겁니다."

"흠……. 바라는 게 뭡니까?"

원하는 게 있으니 만나자고 했을 터.

현호는 잠시 햇빛이 일렁거리는 강을 바라보더니 속마음을 꺼냈다.

"나 같은 일개 개인이 방산 업체인 PA를 적으로 돌린다는 건 불가능한 일입니다."

이는 지극히 상식적으로 판단할 수 있는 계산이다.

목숨이 열 개라도 힘들 것이다.

"우리가 서포터할 겁니다. 혹 잘못되더라도 증인 보호……."

"나 한국인입니다."

현호의 한 마디에 카터는 입맛만 쩝 다시고 말을 잇지 못했다. 그도 증인 보호를 운운하는 게 큰 의미가 없음을 알고 있는 것이다.

그리고 현호로서는 그럴 만큼의 리스크를 감당해야 할 의무가 없었다. 그렇다고 애국을 논하는 것은 애초부터 무리일 수밖에 없는 노릇이다. 그는 한국인이니까.

"하지만 일정 부분에서는 도움을 줄 수 있습니다."

"어느 부분에서?"

현호의 말에 카터가 눈썹을 꿈틀거리고 물었다.

"어차피 PA가 직접적으로 관여했다는 혐의만 포착하면 되는 것 아닙니까? 물론, 현장을 직접 잡는 게 FBI의 계획에는 더 좋겠지만."

카터는 찌푸린 눈썹에 이어서 미간을 모았다.

차현호는 핵심을 잡고 있었다.

지금까지 FBI는 해킹이 일어날 디데이를 확인해 차현호가 프로그램을 운용하는 현장을 붙잡을 계획이었다.

"혐의를 어떻게 잡겠다는 겁니까?"

카터가 재차 물었다. 하지만 현호는 그걸 당장 얘기할 이유가 없었다.

"그건 내가 알아서 합니다. 다만 조건이 있습니다."

"조건?"

"신전그룹을 조사해 줬으면 좋겠습니다."

"신전?"

의식적으로 잡지를 넘기던 카터의 손이 멈칫했다.

현호가 그 모습에 얼굴을 찌푸리며 다시 말했다.

"강설희에 대해 알고 있다면 신전그룹에 대해서도 알 것 아닙니까?"

"그 일은 어렵겠습니다. FBI가 접근할 수 있는 범위를 넘어섭니다."

하지만 현호는 그 말이 우습다는 듯이 고개를 가로저었다.

"몇 군데만 조사하면 됩니다. 물론 그 몇 군데는 한 곳을 제외하고는 연막일 뿐이고."

"흠."

"어려운 것 아닙니다. 어차피 신전그룹의 경호원들이 뉴욕 도심에서 추격전을 했으니 테러 혐의를 적용한다면 미국 내 그들의 자산과 자금 흐름을 파악하는 것은 당신들에게 어려운 일이 아닐 겁니다."

카터는 잠시 대답하지 않았다.

'역시 노림수가 있었다, 이건가.'

사실 이렇게 고민할 필요가 없는 제안이다.

어차피 FBI는 차현호를 놓치면 기회를 잃는다.

혹여 엘린이 차현호가 아닌 다른 이와 함께 서둘러 계획을 실행한다면 FBI는 눈 뜨고 당하게 된다.

"테러 혐의는 힘듭니다. 문제가 발생할 소지가 있습니다. 그 외 무기가 발견된 것도 아니고……."

"테러든 뭐든 엮는 것은 그쪽이 할 일이죠. 상황을 크게 만드는 것도, 작게 만드는 것도 정보기관이 해야 할 일 아닙니까?"

"후……. 오케이. 고려해 보겠습니다."

"그리고 하나가 더 있습니다."

이런.

"또 뭡니까?"

"IRS(미 국세청)의 정보를 원합니다."

이번에는 카터의 이마가 눈에 띄게 찌푸려졌다.

"IRS는 우리 권한이 통하지 않습니다."

현호는 잠자코 듣기만 했다.

"비단 FBI뿐 아니라 CIA, 마약 수사국 DEA도 IRS와는 거래를 할 수가 없습니다."

카터는 좀 더 강하게 말했다.

IRS가 FBI의 정보를 요청할 수는 있어도, FBI가 IRS의 정보를 요청하는 것은 그 절차가 하늘과 땅 차이다.

그만큼 미국의 IRS는 그 권한이 막강하다.

물론 이는 현호 역시도 알고 있는 사실이었다.

그리고 현호는 한국의 특무부가 가야 할 길이 IRS라는 생각을 전부터 하고 있었다.

미국인들이 농담 삼아 제일 무서워하는 게 IRS라는 말을 곧잘 한다.

한국에서는 재벌, 자영업자들이나 세금에 대해서 경계를 갖지 일반인들은 평소 세금에 대해서 경계를 갖지 않는 편이다.

하지만 미국은 다르다.

IRS는 장학금에도 세금을 떼 갈 만큼 거침없는 기관이다.

미국에서 죽음만큼이나 피할 수 없는 게 세금이다.

심지어 FBI가 혐의를 입증 못 해 잡아넣지 못하는 기업인도 IRS는 세금 탈세 혐의로 잡아넣을 만큼 정보 접근에 있어 한계를 찾기 힘들다.

그렇게 IRS가 한 해 거둬들이는 세금이 2조 달러에 육박한다.

그러니 카터의 얘기는 맞는 말이다.

그런데 그게 무슨 상관인가.

"언제든, 내가 원할 때 IRS의 정보를 가질 수 있기를 바랍니다."

"하… 하하."

카터가 나직이 웃었다. 말도 안 되는 얘기였다. 불가능하다.

"좋습니다. 그럼 내가 한발 양보하죠."

현호가 다시 얘기를 꺼냈다.

"한국 국적을 가진 이들의 미국 내 IRS 정보만 원합니다. 물론, 한국 국적을 포함한 이중국적자도 그 대상입니다. 또한 정보는 나 혼자 사용하며 대외비로 부칠 겁니다. 단, 내가 그 자료를 활용해 조사를 시작하면, IRS에 협조 공문을 보낼 거고, 그때 공식적으로 협조해 주면 좋겠습니다."

"하……."

카터는 한숨과 함께 고개를 가로저었다.

결국 같은 말 아닌가. 그나마 미 국민들의 정보는 제외하겠다는 건데, 그마저도 이중국적자는 얄짤없다는 말이다.

"당신들이 나한테 바라는 게 있다면 그 대가를 치러야죠. 만약 제안을 거절할 거면 더 이상 내게 접근하지 마세요. 그랬다가는 필시 외교 문제가 발생할 겁니다."

얘기가 끝났으니 현호가 자리에서 일어났다.

그는 카터가 잡지를 구기는 모습을 보면서 왔던 길을 돌아갔다.

*　　　*　　　*

"여행은 잘 다녀오셨나요?"

엘린의 질문에 현호는 미소를 띠고 텅 빈 회의실의 전경을 눈에 담았다.

"어떻게, 제안에 대해서 생각해 보셨나요?"

엘린이 다시 묻자 현호는 회의 테이블 상석에 앉은 그녀를 바라보며 이내 고개를 끄덕였다. 그제야 그녀가 환히 웃으며 만족해했다.

"잘됐네요. 미국 체류는 PA에서 최대한 지원해 주겠습니다."

"그런데 절차가 제법 복잡할 텐데요? 비자 문제도 그렇고."

"걱정하지 마세요. 파견도, 비자도 제가 처리해 드리죠."

자신만만한 엘린의 모습을 보며 현호가 커피 한 모금을 입에 머금었다.

'IRS의 파견을 좌지우지할 정도면 IRS 내의 고위층과 연관이 있다는 얘기인데.'

그렇지 않고서야 엘린이 저렇게 자신만만할 수는 없을 것이다.

현호는 커피 잔을 내려놓으며 FBI 뉴욕 지부장 카터와의 대화를 떠올렸다.

결국 FBI는 현호의 제안을 받아들이기로 결정했다. 허드슨 강가에서의 만남 이후 정확히 3시간 만에 그들은 결정을 내렸다.

단 조건이 붙었다.

PA의 혐의가 100퍼센트 입증되어야 한다는 점이었다. 저들은 엘린이 개입되었다는 증거를 필요로 했다.

"솔직히 여러 가지로 걱정입니다. 적응하는 데 시간도 걸릴테고."

"최대한 PA에서 지원할 겁니다. 일단 미 국세청과 협의해 파견 절차를 바로 진행하겠습니다. 굳이 한국으로 돌아갈 필요 없이 여기서 바로 비자 문제도 해결하죠."

그 말에 현호가 커피 잔을 들려다가 멈칫했다.

그의 시선이 다시 닿자 엘린의 하얀 얼굴이 약간 꿈틀거렸다.

"엘린."

"예, 말씀하세요."

"왜… 그렇게 서두르는 건가요? 마치 제가 당장에라도 해야 할 일이 있는 것처럼."

"훗, 미국 속담에 무언가를 이루려면 기회가 있을 때 잡아야 한다는 말이 있습니다."

"그렇군요. 한국에는 쇠뿔도 단김에 빼라는 말이 있죠."

"이런 일은 빠르게 진행해야 합니다."

현호가 아직까지 엘린에게 일의 구체적인 내용을 들은 것은 아니었다.

그녀는 어디까지나 현호에게 미국 생활을 제안했을 뿐이었고, 현호로서는 그녀의 장대한 계획을 FBI에게 전해들은 게 전부였다.

"근데 소개해 주겠다는 사람이 누구인가요?"

그녀는 오늘 현호에게 소개해 줄 사람이 있다고 했다.

물론 누구인지는 현호도 이미 짐작하고 있었다.

FBI에게 전해 들었기 때문이다.

엘린은 민대호, 그러니까 민서현의 아버지와 접촉했다고 한다.

민대호가 외무부 소속 공무원인 만큼, 일이 계획대로 됐을

때 이번 일의 초점을 한미 간의 갈등으로 돌리려는 게 PA의
계획일 거라는 것이 FBI의 추측이었다.

"곧 오실……."

마침 노크와 함께 엘린의 비서가 들어왔다. 뒤이어 현호는
민대호, 그러니까 이전 삶에서의 장인을 볼 수 있었다.

"아, 그쪽이 차헌호 씨군요."

민대호가 미소를 띠고 손을 내밀었다. 하지만 현호는 그 손
을 바로 붙잡지 않고 그를 빤히 쳐다봤다.

'뭐야? 이 친구.'

민대호는 순간 당황스러웠지만 왠지 그 시선이 불쾌하지는
않았다. 이유 없이 가슴이 아려올 때쯤, 현호가 그의 손을 붙
잡았다.

"만나서 반갑습니다."

"아."

민대호는 얼떨결에 고개를 끄덕여야 했다. 자리에 앉을 때
까지도 그 찜찜함은 이어졌다.

"앞으로 PA는 두 분의 미국 체류에 있어 지원을 아끼지 않
을 겁니다."

"감사합니다."

PA 뉴욕 지사장 엘린의 말에 민대호는 흡족한 미소를 보였
다.

그날은 집에 가서 고민해 본다고 답을 했지만, 몇 번을 생각한들 꺼릴 이유가 없는 제안이었다.

물론 지인들에게도 상의를 했다.

상황이 이러이러한데 어떻게 생각하느냐.

그러자 그들의 대답은 한결같았다.

PA라는 회사가 가진 미국 내의 파워, 거기에 파격적인 연봉과 조건 등은 고민할 필요가 없다는 것이었다.

모두가 부러워하고 축하를 해왔다. 오히려 그 때문에 민대호는 지인들과 전화 통화를 하는 동안 이미 PA의 식구가 된 듯 입가에 웃음이 끊이질 않았었다.

"지난번에는 고마웠습니다, 딸아이까지 초대를 해주시고. 덕분에 아비로서의 체면이 섰습니다."

"아닙니다. 훌륭한 아버지를 두신 따님이니 당연히 초대했을 뿐입니다. 아, 그러고 보니 아쉽네요. 현호 씨에게도 소개해 드리면 좋았을 텐데. 무척 아름다운 여성분이었습니다."

엘린의 말에 현호는 공감하듯 고개를 끄덕이며 민서현에 대해서 잠시 떠올렸다.

운명이 마치 그녀와의 관계를 재고해 보라고 자신에게 종용하는 기분이었다.

"세무 공무원이라고 들었습니다."

민대호가 현호에게 관심을 보였다.

엘린이 차현호에 대해서 많은 얘기를 해주지는 않았다. 그저 매우 뛰어난 인재이며, 앞으로 함께 일하게 될 파트너라는 얘기만을 귀띔해 줬을 뿐이다.

"세무 공무원이면 어디에서 근무하고 있습니까?"

"올해 초까지 강남세무서에서 근무했습니다."

"아하, 강남……. 근데 올해 초까지라면 여기에 오려고 정리한 겁니까?"

"아닙니다. 사실 특무부 발령을 앞두고 있었습니다."

"아… 특무부요?"

민대호가 말꼬리를 흐리다가 되물었다.

특무부에 대해서는 그도 들은 게 있었다.

그의 지인 중에는 국세청에서 일하는 세무 공무원도 있기 때문이다.

듣자 하니 특무부에 가는 것이 매우 어렵다고 들었다.

심지어 국세청장도 손을 댈 수 없는 인선이라고 했다.

오직 재정경제원에서 인선을 결정하며, 전국의 세무 공무원들 중에서도 베테랑 중에 베테랑이 발령을 가는 곳이라고 들었다.

그러니 지금 차현호에 대한 민대호의 시선이 달라질 수밖에 없었다.

"놀랍군요. 내 듣기로는 엘리트 중에 엘리트만이 가는 곳이라고 들었는데."

"과찬이십니다."

"아, 아니에요. 과찬은 무슨, 오히려 영광입니다. 앞으로 함께 일할 수 있게 돼서."

그 말에 현호가 미소를 보이다가 잠시 다른 생각을 하는 듯 눈동자를 기울였다.

그러더니 이내 고개를 돌려 엘린을 돌아봤다.

"근데 엘린, 제가 아까부터 말씀드리려고 했는데……."

"뭔가요?"

"저는 파견을 올 생각이 없습니다."

"예?"

순간 엘린의 얼굴에 당혹감이 물들었다.

"그게 무슨?"

"저는 그저 미국에서 일해보라는 제안을 받아들이겠다는 겁니다."

"정확히 그게 무슨 얘기죠?"

"저는 국세청의 파견이 아닌 미국에 취업할 생각입니다. 그러니 제가 이분과 함께 일할 가능성은 없습니다."

그 순간 엘린의 미간이 찌푸려졌다.

*   *   *

릭 카터는 차현호의 계획을 앞에 두고 다시 한 번 고민을 하고 있었다.

지금이라도 계획을 백지로 돌려야 할지를 고민하는 것이다.

차현호의 계획이 허무맹랑해서가 아니었다. 미처 예상도, 고려도 하지 못한 계획이었기 때문이다.

'어떻게 이런 생각을 할 수가 있지?'

현재 FBI는 결정적 증거를 잡지 못하고 있었다.

PA가 MIT 대학의 프로그램 연구 동아리에 50만 달러를 지원하는 것만 가지고는 혐의를 입증하기 힘들다.

설사 국세청이 의뢰한 통계 프로그램 내 해킹 코드를 찾아낸들 그것이 PA와 직접 연관이 있다고 단정할 수는 없었다.

오히려 국세청 내 비리 스캔들로 확산될 뿐이다.

물론 이리저리 들쑤시면 수사는 가능하다.

하지만 대선을 코앞에 둔 지금, 함부로 수사기관이 움직인다면 역풍을 맞는다.

PA가 지원하는 공화당 후보와 그 지지자들의 맹비난을 받게 될 것이다.

그럼에도 불구하고 PA는 꼭 잡아야 한다.

결국 고심 끝에 FBI 상부는 차현호의 조건을 수락했고, IRS와 연방 정부에 그 조건을 관철시켰다.

무엇보다 차현호의 계획을 시행하려면 그 조건을 들어줄 수밖에 없는 노릇이었다.

똑똑.

"들어오게."

사무실 문을 열고 들어온 요원이 차분한 얼굴로 카터를 바라봤다.

"전화 연결됐습니다. 한국 지부와 핫라인 연결입니다."

"알겠네."

카터는 잠시 심호흡 뒤에 전화를 들었다.

"FBI 뉴욕 지부장 릭 카터입니다."

─한국의 특무부 장충도 조사관입니다.

"미스터 차에게 얘기는 들었겠지만, 지금부터 하려는 일은 극비로 진행되는 일입니다. 만약 일이 외부에 알려질 시 미스터 차의 신상에 큰 문제가 일어날 겁니다."

카터의 표정이 더할 나위 없이 무거워졌다.

외부, 그것도 한국의 정부 기관과 일을 한다는 것이 내킬 리가 없었다.

외부 기관과 인물들의 컨트롤이 어려울 뿐 아니라 보안의 취약점이 발생할 수밖에 없다.

물론 FBI 한국 지부가 그들에 대한 민착 감시를 이어가겠지만 장담하기는 어렵다.

"그럼, 바로 준비해 주시기 바랍니다."

―알겠습니다. 그럼, 민대호에 대한 자료를 곧바로 IRS에 공식 요청하겠습니다.

카터는 수화기를 내려놓으며 의자 등받이에 등을 기대고 팔짱을 낀 채 신음했다.

"흠⋯⋯."

민대호가 재작년부터 미국에 있었던 만큼 IRS에서는 그에 관한 정보를 가지고 있었다.

그리고 차현호는 이번에 들어왔지만, 지난번 엘린에게 300만 달러를 융통했다.

그 결과 차현호는 IRS이 보유한 민대호에 관한 개인 자료를 건네받았다.

여기에는 미국 내에서 발생한 민대호의 연봉, 이자 수입, 주식거래 수익, 부동산 수입 등, 연방세와 관련된 자료들이 빠짐없이 포함된다.

그리고 이제 특무부에서는 민대호에게 탈루 혐의를 적용해 IRS에 공식적으로 해당 자료를 요청할 것이다.

한국은 1964년에 인터폴에 가입한 나라.

그러니 곧바로 인터폴과 FBI가 연계하여 민대호에 대한 수사를 진행할 것이다.

물론 공식 수사가 진행되면 IRS도 움직일 것이다.

'꼬리부터 잡는다.'

그게 차현호의 계획이다.

꼬리부터 더듬어 올라가서 머리인 엘린을 잡겠다는 것이다.

'이거라면… 가능하지.'

엘린을 엮어 넣을 수가 있다.

'하지만……'

아직까지 불안하다.

카터는 그 불안함의 정체를 잘 알고 있었다.

바로 매끄럽지가 않다는 점이다.

어딘지 모르게 너무 쉽게 풀리고 있었다.

*　　　　*　　　　*

FBI가 지닌 정보는 제대로 된 것일까.

현호는 처음부터 그 같은 의문을 가지고 있었다.

당연히 그럴 수밖에 없었다. 왜냐하면 현호의 이전 삶에서는 이런 일이 일어나지 않았기 때문이다.

그렇다는 말은 두 가지의 가능성을 고려할 수 있다.

FBI가 그 일이 벌어지기 전에 막았거나, 아니면 FBI가 지닌 정보가 애초부터 잘못됐거나.

탁.

호텔 룸 냉장고에서 위스키를 꺼내며 현호는 생각을 계속 이어갔다.

'애초부터 정보가 가짜였다면.'

지금 FBI는 제프리의 제보와 눈에 띄는 몇 가지 이상 징후만을 가지고 움직이고 있었다.

그렇다면 FBI가 틀렸다는 가정하에 소설을 써봐야 했다.

우선 현호는 제프리가 제보자라는 걸 알고 있다. 그리고 현호가 본 제프리의 행동은 자연스러웠다.

제프리는 자신이 제보한 사실을 진실이라고 믿고 있었다.

그러니 만약 현호의 소설대로라면 제프리도 이용당하고 있다고 볼 수 있었다.

그럼 엘린은 왜 이런 일을 벌이는 걸까.

'내가 만약… 엘린이라면.'

그녀의 계획은 무엇일까.

'FBI가 제보를 바탕으로 PA를 수사한다. 그들은 증거 확보를 위해 차현호라는 인물과 손을 잡는다. 또 그 과정 중 함정수사를 파서 PA를 위험에 빠뜨린다. 하지만 FBI가 받은 제보는 애초부터 진실이 아니었다. 조작된 것이다. 그렇다면 FBI의 실수인가. 그들의 무리한 수사는 단순히 제보 때문이었을까. 어쩌면 다른 의도가 있진 않았을까. 혹은 FBI의 배후에……'

현호는 위스키 뚜껑을 열다가 멈칫했다.

그대로 침대에 걸터앉으며 심각한 얼굴로 생각을 계속했다.

'FBI 배후에는 정부가 있다?'

만약 이 가정이 맞고, FBI 수사가 실패한다면 PA는 역공을 시작할 것이다.

PA는 언론을 등에 업고 자신들의 억울함을 주장할 것이고, PA가 지원하는 공화당 대통령 후보와 그 지지자들은 정부를 맹렬히 성토할 것이다.

'이게 가능한 일인가?'

이것이 엘린의 시나리오란 말인가.

지금 든 생각이 망상이 아닌 사실이라면 미국의 역사가 바뀔 수도 있는 일이다.

왜냐하면 미국의 다음 대통령은 공화당 후보가 아니기 때문이다. 현 대통령이 연임한다.

그 사실을 현호는 분명히 기억하고 있었다.

현 대통령이 머지않아 성 추문을 일으키기 때문에 당시 한국에서도 꽤 이슈가 됐던 적이 있었다.

그러니 대통령이 바뀌는 일은 미국 역사엔 없는 일이지만 또 그렇게 따지면 현호가 지금 시기에 미국에 있지도 않았다.

'후……'

현호는 잠시 위스키 병을 뚫어지게 바라봤다.

지금 그는 미국에 있다. 그리고 방산 업체 PA와 FBI는 역사에서 일어난 적이 없는 사건을 두고 대립하고 있다.

대체 뭐가 진실이고 거짓인가.

현호는 가정하는 것을 관두고 다시 현재의 상황에 집중했다.

일단 계획대로 장충도에게 연락해서 한국의 특무부를 움직였다.

IRS가 가진 정보를 이용할 수 있다는 것은 특무부로서도 큰 매력일 수밖에 없다.

그러니 특무부가 이 일의 참여를 거절할 이유가 없었다.

앞으로 IRS의 정보를 가지게 된다면 미국으로 빼돌린 한국인들의 자산을 추적할 수가 있게 된다.

또한 그 자료를 위해서는 차현호를 거쳐야만 한다.

'훗.'

현호는 뒷머리까지 치솟는 전율을 느끼며 피식, 웃음을 뱉었다.

병뚜껑을 따서 위스키를 한 모금 머금었다. 속이 금세 알싸하게 달아오른다.

'그래, 특무부가 칼을 쥐게 되는 거야.'

재벌이든 뭐든 간에 한국인들 중 미국 내 영토에 숨긴 자산이 있다면 IRS의 정보망을 통해 죄다 동결해 버릴 수 있다.

그리고 그 중심에.

'내가 있는 거지.'

지금 현호의 얼굴에 오랜만에 괜찮은 미소가 떠오르고 있었다.

*   *   *

최소한의 인원만이 움직여야 했다.

FBI의 요구는 상당히 까다롭고 사건의 규모는 생각보다 컸다.

그들은 특무부의 움직임이 절대 외부의 눈에 띄어서는 안 된다고 강조했다.

이는 처음부터 현호가 부탁해 오면서 장충도에게 미리 얘기한 부분이기도 했다.

사실 이번 FBI의 작전에서 특무부가 해야 할 일은 전무(全無)하다고 봐야 했다.

그저 민대호의 IRS 자료를 공식적으로 요구하는 게 일의 시작이고 전부였다.

공식적이라는 것도 특무부 직인이 찍힌 서류 한 장을 특무부 내에 설치된 팩스를 이용해 보내는 것으로 충분했다.

장충도는 민대호라는 인물에 대한 추가 조사가 필요하다는 의견을 조사부 팀장을 거쳐 특무부 서장에게 보고를 올렸을 뿐이고, 결재를 받았을 뿐이다.

흔한 절차였고, 조사 상대가 정재계에 비중 있는 인물이 아니었기에 조사부 팀장이나 특무부 서장은 별다른 질문을 해 오지도 않았다.

그저 물 흐르듯 결재를 받았고 IRS에 서류를 보냈을 뿐이다.

이는 조사를 하는 것도 아니었다. 이제 막 걸음을 뗐을 뿐이었다.

솔직히 장충도는 일을 신행하면서도 설마설마했다.

하지만 IRS에서 요청한 서류를 진짜로 보내왔고, 장충도는 놀라서 입을 다물 수가 없었다.

과거에도 몇 차례 조사 중이던 한국인과 관련해 IRS에 자료를 요청한 적이 있지만 그때마다 확인해 줄 수 없다는 대답만 들었기 때문이다.

국세청장이 손을 써도 씨알이 먹히지 않았을 정도였다.

오히려 외무부를 통해 IRS에 연락하지 말라는 압박이 내려왔을 정도였다.

그런데 이렇게 쉽게 이 방대한 자료를?

'현호, 이 자식……. 대체 미국에서 뭘 하는 거야?'

장충도는 현호의 성장 과정을 가까이서 지켜본 몇 안 되는 인물이었다.

그가 본 현호는 더 이상 놀라는 것도 지칠 만큼 예측이 불가능한 인물이었다.

창원세무서와 강남세무서 비리 사건도 그러했고, 월연, 금진은행, 심지어 얼마 전에 있었던 화안기업 사건까지.

뿐만 아니라 이제 스물한 살인 녀석의 주변 인물들은 하나같이 대한민국을 움직이는 실세들이다.

국회의원 박한원, 관세청장 이주헌, 국세청장 안정호…….

물론 장충도가 미처 알지 못하는 부분까지 고려하면 이미 차현호는 그의 손이 닿지 않는 저 멀리에 있는 존재였다.

한마디로 외계인 같은 녀석이었다.

드르르, 드르르.

장충도는 IRS에서 온 팩스를 내용도 읽지 않고 파쇄기에 넣고 있었다.

그래, 특무부가 해야 할 일은 없었다.

현호의 말로는 FBI는 그저 특무부가 IRS에 서류를 요청하고 받았다는 사실만 있으면 충분하다고 했다.

이게 무슨 괴상한 행동인가 싶지만, 본디 큰 불길은 작은 불씨에서 피어나는 법이다.

'꿀꺽.'

문득 장충도는 현호가 한국에 돌아와서 특무부에 들어오게 된다면 어떤 일이 벌어질지 떠올리고는 절로 마른침을 삼키고 말았다.

머리끝이 멍멍한 것이 소름이 돋았다.

한국인의 미국 내 자산까지도 확인할 수 있다면 특무부의 조사 대상 범위가 넓어지는 것은 물론이고, 그 추징 범위도 한층 커질 것이다.

'앞으로도 차현호는 계속 성장하겠지.'

이미 평범한 인물이 아니다.

영특함은 두말할 것도 없고, 대담한 행보 역시도 일반인의 범주를 뛰어넘는다.

지난번에는 현호가 국세청장 안정호를 움직여 화안기업을 흔들었다.

그 일로 특검이, 특무부가, 언론이, 금감원이 움직였다.

장충도는 그걸 보면서 이미 결심을 굳혔다.

'현호만 보고 가는 거야.'

자신이 특출한 인물이 아닌 이상, 기꺼이 2인자의 길을 받아들인다.

그것이 장충도라는 남자의 결심이었다.

오히려 이번 일에 현호가 다른 누구도 아닌 자신에게 연락했다는 것을 하나의 기회로 보고 있는 장충도이기도 했다.

드르륵.

마지막 서류 한 장까지도 파쇄가 끝났다.

장충도는 자리에서 점퍼를 챙기고 나오면서 사무실을 돌아봤다.

모두가 퇴근한 시간이었기에 고요함만이 감돌고 있었다.

파쇄기에 열이 올랐는지 틱틱 소리를 내고 있었지만 이내 아무 일도 없었다는 듯 사무실엔 적막이 찾아들었다.

탁.

사무실 불을 끄고 나가는 장충도의 얼굴이 평소보다도 한 층 묵직했다.

*　　　　*　　　　*

"그래, 이거 재밌는데?"

강태강은 사진 몇 장을 손에 쥐며 웃고 있었다.

통화 중인 상대방은 현호였다.

그는 현호의 부탁으로 신전그룹 강성환 회장과 삼현그룹 박인하 회장에 대해서 조사를 하고 있었다.

─그러니까 신전그룹 강성환 회장과 삼현그룹 박인하 회장이 왕래가 잦아졌다는 거죠?

현호가 되묻자 강태강은 고개를 끄덕였다.

"그래, 맞아. 네 말대로 강설희가 사라지고 난 다음 날, 바로 강성환 회장이 삼현그룹 박인하 회장을 만나더라."

─그동안 둘 사이에 모종의 거래가 있었다고 볼 수 있겠네요.

"그래, 어쩌면 정말 네 생각이 맞을지도 모르겠어."

강태강은 미소를 끌어올리고 말했다.

지금 상황이 꽤 재밌게 돌아가고 있었다.

현호의 말대로라면 강설희의 모친이 유언장을 남겼다.

그 유언장에는 자신이 가진 삼현호텔 지분을 딸인 강설희에게 남긴다는 내용이 담겨 있다.

유언장 내용대로라면 삼현그룹의 주인이 강설희로 바뀔 수도 있는 일이다.

지난날 강설희 모친은 유언장을 고가구에 숨겨서 미국 내 강설희의 명의로 된 별장으로 옮겼다.

또한 그 사실을 자신이 믿는 식솔에게만 알려두고 세상을 떠났다.

하지만 작금의 상황을 봤을 때 이미 삼현그룹과 신전그룹은 그 유언장의 존재를 어렴풋이 알고 있는 듯하다.

아니면 강설희에게 가지 못한 모친의 주식을 어정쩡하게 처리했거나 묶어두고 있든지, 그중 하나일 것이다.

그래서 삼현그룹은 강설희가 한국에 들어오는 것을 반기지 않는 것이다. 또 신전그룹은 그 일에 동조해 그녀를 뉴욕에 묶어두고 있다.

"재밌는 건, 강설희가 미국으로 유학을 간 시점부터 삼현그룹이 신전그룹 계열사 사업을 본격적으로 밀어주기 시작했어."

현호의 추측에 쐐기를 박는 결정적인 단서다.

—…재밌네요. 그깟 게 뭐라고 자식을 팔아먹다니.

"그렇긴 하지."

강태강은 현호의 넋두리에 동조를 했지만 '그깟 것'이라는 말에는 동의를 할 수가 없었다.

재벌 2세가 그룹을 손에 쥔다는 것은 천하를 움켜쥐는 것과 다름없다.

그 천하를 움켜쥐면 왕이 되는 것이다.

형제의 난이라는 말이 괜히 있는 것이 아니란 얘기다.

그러니 삼현그룹 박인하 회장과 신전그룹 강성환 회장의 행동이 그로서는 충분히 이해가 갔다.

"유언장이 있을 거라는 계산은 했는데, 유언장이 한국에 없다는 계산은 미처 못 했다? 그래서 강설희를 외국으로 보냈는데… 이게 자충수가 됐다, 이건가?"

―제 생각이 맞다면 저들로서는 어차피 강설희를 미국에 보낼 수밖에 없었을 겁니다. 비단 유언장 내용이 아니더라도 강설희가 모친의 재산 유무를 알게 된다면 언제든 상속재산분할을 시도할지도 모르니까 꽤 신경이 쓰였을 겁니다.

물론 법적으로는 현호가 나설 수 없지만, 법적 조력자는 현호의 주변에 '소위' 널렸다.

"그럼 이건 납치라고 봐도 좋겠네."

―그렇다고 봐야겠죠.

"허……."

피식 웃은 강태강은 수염으로 까칠해진 턱 끝을 쓸어내렸다.

두 재벌그룹이 서로 뭉쳐서 한 여자를 미국 땅에 강제로 묶어뒀다. 또한 감시까지 붙여서 24시간 일거수일투족을 지켜봤다.

여자는 그 때문에 자살까지도 고려하고 있었다. 더 재밌는 것은 그 여자가 자신들의 혈육이다.

'캬……. 이것 참.'

머리끝이 쭈뼛쭈뼛해진다.

소설도 이런 막장 소설은 없다.

이건 대체 무슨 스캔들이라고 불러야 하는 걸까.

"현호야."

─예.

"내가 얘기했었나?"

─뭘요?

"너라는 놈을 알게 돼서… 너무 즐겁다고."

─쓸데없는 소리 그만하고 빨리 움직여요.

"오케이. mbs 윤아리 기자를 당장 찾아가마."

＊　　　　＊　　　　＊

"여긴 어떻게?"

현호는 자신의 호텔 룸을 찾아온 론다 윤을 보고 반가움과 당황스러움이 교차한 얼굴로 그녀를 맞이했다.

"우리 산책 좀 할까요?"

"잠시만요."

서둘러 어깨에 코트를 걸친 그가 론다 윤과 함께 호텔을 빠져나왔다.

뉴욕은 봄비가 추적추적 내리고 있었다.

아니, 지금은 그치고 있었다.

두 사람에겐 딱히 목적지가 없었다. 그저 거리를 걸을 뿐이었다.

뉴욕에 온 첫날과는 달리 날씨도 확연히 바뀌어 산책하기에 나쁘지 않았다.

오히려 비의 정취가 있어 한없이 걷고 싶은 기분이기도 했다.

"이런 좋은 순간을 두고 왜 호텔 룸에 홀로 있어요?"

"글쎄요."

현호는 가볍게 웃음 짓는 론다 윤을 눈에 담았다.

가든파티에서 처음 마주쳤을 때와는 그녀의 분위기가 확연히 달랐다.

그때는 무기 로비스트 론다 윤이었지만 지금 그녀는 누가 봐도 뉴욕의 커리어 우먼이다.

같은 사람이 맞나 의심스러울 정도였다.

그녀가 걸음을 내디딜 때마다 베이지색 트렌치코트가 펄럭였다.

선글라스에 숨은 시선이 이따금 그를 곁눈질했다.

"호텔이 어때서요. 조용하고… 아, 잠깐만요."

거리의 핫도그 가게를 발견한 현호가 한달음에 달려갔다.

"훗."

론다 윤은 어린아이 같은 그의 모습에 피식 웃고, 잠시 기다렸다.

"여기요."

그가 내민 핫도그를 그녀가 손에 받았다.

"근데 한국에 있어야 되는 거 아니에요?"

현호가 한입 크게 베어 물고 웅얼거리며 물었다.

현재 론다 윤은 2천억 원대의 국방 사업에 뛰어들어 로비를 벌이고 있었다.

지구에 혜성이 부딪쳐 종말이 오지 않는 한, 그 일은 그녀의 성공으로 끝이 날 것이다.

그런 그녀가 지금 여기 뉴욕에 있었다.

"현호 씨 얼굴 보러 왔죠."

"하하, 제 얼굴이 좀 자주 보고 싶은 얼굴이긴 하죠."

"하… 하하."

론다 윤이 어설프게 미소를 띠고 핫도그를 입에 댔다.

현호가 게걸스러울 정도로 편하게 핫도그를 해치우자 그녀도 거리낌 없이 핫도그를 입에 물고 오물거렸다.

그러자 나직이, 현호가 입을 열었다.

"엘린에 관한 얘기면 듣지 않겠습니다."

잠시 론다 윤은 아무 말도 하지 않았다. 핫도그를 마저 먹고 입술을 살짝 닦았다.

"제가 무슨 얘기를 할 거라고 생각하는 건데요?"

"어떤 얘기든, 저한테 도움이 되는 얘기라 해도 혹은 그게 아니더라도 론다 윤의 입장은 곤란해질 겁니다. 그러니 듣지 않겠습니다."

역시 차현호는 상황을 정확하게 꿰뚫어보고 있었다.

론다 윤은 길가의 쓰레기통에 구겨진 핫도그 포장지를 버리고 그에게 물었다.

"엘린의 파견 제안을 거절했다면서요?"

"예."

현호는 론다 윤이 엘린의 계획을 알고 있는지, 혹은 모르고 있는지 아직까진 아는 바가 없었다.

그렇다고 그걸 알아내기 위해서 그녀에게 질문을 하는 것은 신중해야 했다.

괜스레 이상한 낌새라도 느낀다면 일이 어긋난다.

하지만 론다 윤이 안다고 해도 현호에게 큰 의미는 없었다.

그녀는 사건의 중심이 아니기 때문이다.

"흠……. 근데 강설희는 어떻게 된 거예요?"

현호의 굳은 얼굴을 본 론다 윤은 자연스럽게 화제를 돌리고 횡단보도 앞에 멈췄다.

현호는 눈앞을 지나가는 차들을 바라보며 대답했다.

"안전한 곳에 있어요."

"안전하긴 하나보네요. 제가 못 찾는 걸 보니까."

두 사람은 횡단보도를 건너 다시 걷기 시작했다.

흩날리는 머리카락을 쓸어 올리는 현호의 모습에 이따금 곁을 지나던 외국인 여성들이 쳐다보곤 했다.

그 모습에 론다 윤이 자조적인 목소리로 말했다.

"하……. 제가 실수한 모양이네요."

"뭐가요?"

"강설희 일로 괜히 제 조카한테 미안하네요."

론다 윤의 조카 전은서를 만난 일은 현호가 의도한 게 아니었다. 찬대미 집행부가 상의 없이 벌인 일이었다.

하지만 현호가 먼저 전은서의 존재를 알았어도 그냥 지나치진 않았을 것이다.

그러니 의도치는 않았어도 론다 윤을 만나기 위해 전은서를 이용한 것은 사실이다.

그래서 현호는 지난번 론다 윤의 질문에 반반이라는 애매

한 대답을 했었다.

"다시 돌아갈까요? 아니면 근처에서 식사라도."

공원을 앞에 두고 현호는 걸음을 멈추고 물었다.

그러자 론다 윤이 입술을 깨물며 망설이다 얘기를 꺼냈다.

"엘린……."

"그 얘기는 그만했으면 좋겠습니다."

이미 FBI는 특무부를 시작으로 움직이고 있다.

그리고 지금 현호는 FBI가 언급했던 IRS의 통계 프로그램이 진짜인지, 혹은 가짜인지를 확인하기 위해서 타이밍을 기다리고 있는 중이었다.

프로그램의 진위를 알 방법은 없지만 엘린이 프로그램에 관한 얘기를 꺼낼 때, 그때 현호의 능력이라면 그것이 가짜인지 진짜인지를 알아낼 수 있을 것이다.

만약 제프리의 제보 내용이 엘린이 의도한 허구라면, FBI의 움직임에 변수가 발생하게 된다.

"여기까지 왔는데 저녁이나 먹죠. 뭐 드시고 싶으세요?"

"현호 씨."

"하… 말씀하세요."

론다 윤도 꽤 고집이 있다는 생각을 떠올린 현호였다.

"엘린의 파견 제안을 거절한 거."

"그건……."

"잘한 거예요."

"예?"

현호는 지금 론다 윤이 무슨 얘기를 한 건가 싶었다.

"파견 제안을 받아들였다면 현호 씨에게 안 좋은 일이 생겼을 거예요."

"지금 무슨 말씀을……."

혹, 눈치챈 걸까.

론다 윤이, 혹은 엘린이 뭔가를 눈치챘을까.

그래서 지금 론다 윤이 뉴욕에 있는 것일까.

현호는 몇 가지 경우의 수를 빠르게 찰나의 순간 속에서 되짚어봤다.

멈춰진 시간 속에서 빗방울이 론다 윤의 볼에 닿을 듯 말 듯 위치하고 있었다.

'이 여자가 지금 무슨 얘기를 하는 거야?'

처음 현호가 론다 윤을 만나려 했던 목적은 그녀의 뒤에 있는 미국의 방산 업체와 연줄을 만들기 위해서였다.

방산 업체 특성상 로비의 규모와 범위가 방대하니 미국의 정치계와 사교계에 진출하기 쉽겠다는 계산도 있었다.

하지만 지금 상황은 그때의 생각과 전혀 다르게 흐르고 있었다.

FBI라니, 해킹이라니, IRS라니.

어느 하나도 현호가 그린 것이 없었다.

이런 상황에서 현호는 어떻게든 자신에게 유리한 방향을 끌어가기 위해서 거침없이 나아가고 있었다.

실패했을 때의 걱정이나 일이 잘못돼 문제가 발생하는 일을 고려하느라 주춤할 겨를이 없을 만큼 빠르게 상황이 펼쳐지고 있었다.

하지만 지금 순간, 일이 잘못될지도 모른다는 생각이 문득 스쳐 갔다.

'그래, 어디 들어나 보지.'

현호는 찌푸린 미간을 폈다.

때맞춰 론다 윤의 볼에 빗방울이 닿았다.

그녀는 미간을 살짝 찌푸리며 볼에 떨어진 빗방울을 닦아 내고 말했다.

"난 지금 엘린이 아닌 당신의 손을 잡겠다는 거예요."

그녀는 자신의 의도를 얘기했고, 지금 순간 현호의 얼굴을 바라봤다.

그는 당황하고 있었다.

"무슨 얘기를… 뭔가 오해가 있으신 것 같은데……."

생각지도 못한 론다 윤의 얘기에 현호는 곧바로 눈을 찌푸렸다.

"이제 그만 호텔로 돌아가죠."

론다 윤이 발길을 돌렸다.

아무 말도 하지 않고 묵묵히 앞서가는 그녀의 모습에 현호역시도 굳이 얘기를 꺼내지 않고 뒤를 따랐다.

이 상황을 이해할 수가 없었기에 어떤 말을 꺼내야 할지 알수 없었다.

호텔 앞에 도착하고서야 현호는 그녀의 얼굴을 제대로 마주 볼 수 있었다.

"들어가세요."

그녀가 말했다.

여전히 영문을 알 수 없었지만, 호텔 앞이었기에 언제 누구를 마주칠지 모르는 일이었다.

결국 현호는 아까의 얘기를 다시 꺼내지 않았다.

'흠⋯⋯. 엘린이 아닌 내 손을 잡겠다고?'

그저 머릿속으로 론다 윤이 무슨 의도를 가지고 그런 말을했는지 추측해 봤지만 짐작 가는 바를 찾을 수가 없었다.

현호가 계속된 의문의 시선으로 자신을 보고 있자 그녀가마치 아무 일도 아니었다는 듯이 가벼운 미소를 띠고 손사래를 쳤다.

"복잡하게 생각하지 말아요. 아까의 얘기를 곱씹는 순간이다시 오면 그때 생각하세요, 훗."

"알겠습니다."

수수께끼 같은 그녀의 얘기에 현호는 고개를 끄덕였다. 계속 생각한들 명확해지는 것은 아무것도 없으니까.

"또 봐요."

"예, 그러죠."

론다 윤이 호텔을 떠나는 모습을 보고서야 현호는 호텔 건너편의 빌딩을 슥 쳐다보며 호텔 회전문에 발을 들였다.

저 빌딩에서 FBI가 촉각을 곤두세우고 이곳을 감시하고 있을 것이다.

"나를 찾는 전화가 온 게 있습니까?"

혹시 몰라서 현호는 엘리베이터에 타기 전 프런트에 들려 부재중 전화가 있는지를 물었다.

파란 눈의 호텔 직원이 고개를 가로저었다.

"저희에게 온 연락은 없습니다."

"그런가요? 고맙습니다."

호텔 룸으로 돌아온 현호는 곧바로 창가의 블라인드를 내리고 침대에 누웠다.

마치 여름철 습도처럼 피곤이 온몸에 달라붙었다.

늘 그렇듯 생각이 다시 밀려왔다.

아까 론다 윤의 얘기……

현호의 눈에 비친 그녀의 모습은 진실해 보였다.

'론다 윤과 엘린 사이에 트러블이 생긴 걸까?'

생각을 잇던 현호가 자리에서 일어났다.

그는 호텔 룸을 나와 다시 프런트로 내려왔다.

"메모지를 좀 얻을 수 있을까요?"

"잠시만요."

현호의 부탁에 호텔 직원이 접착식 메모지를 건넸다.

그걸 들고 다시 룸에 돌아온 현호는 지금까지 일들을 하나하나 적어서 하얀 벽에 붙이기 시작했다.

물론 눈으로 보이는 모든 것을 기억하는 그였지만, 능력의 과신으로 인해 미처 못 본 게 있을 가능성도 있었다.

PA의 회계사가 IRS(미 국세청)에 PA의 세금 탈루 사실을 제보했다.

IRS는 곧바로 PA에 세무조사를 실시했다.

결국 PA는 IRS와 합의를 한다.

이로 인해 PA는 16억 달러의 세금을 납부한다.

올해 초 원인 모를 화재로 인해 회계사가 사망했다.

FBI는 PA가 MIT 대학 프로그램 연구 동아리에 50만 달러를 지원했다는 사실을 알게 된다.

마침 IRS가 해당 동아리에 통계 프로그램을 의뢰한다.

FBI는 제보를 받게 된다.(제보자 : 제프리)

PA가 통계 프로그램에 해킹 코드를 심으려 한다는 계획.

디데이에 미 국세청 전산 마비 및 30억 달러의 세금 국외 반출 계획.

마침 PA 뉴욕 지사장 엘린이 현호에게 파견을 제안했다.

FBI는 현호의 존재를 PA의 계획의 핵심이자 변수라고 여겨 현호에게 접근한다.

때마침 다가오는 미 대선.

PA는 공화당을 지지하고 지원한다.

현호는 자신이 직접 보았고, FBI에게 전해들은 내용들을 가능한 간략하게 적었다. 또 이를 토대로 시간과 장소를 매치했다.

'여기에 내가 놓친 것이 있을까.'

이 일련의 순간순간들 속에서 놓치거나 지나친 것은 없는지 고민하며 특무부라고 적은 마지막 메모지를 벽에 붙였다.

현호는 메모지가 빼곡히 붙은 벽을 한눈에 담으며 몇 발자국 물러났다.

그렇게 팔짱을 낀 채로 한참을 눈에 담던 그가 문득 멈칫했다.

그의 시선이 'PA 뉴욕 지사장 엘린'에 닿았다.

더 정확히는 뉴욕 지사장 엘린의 앞의 'PA'라는 단어에 멈췄다.

지금 순간, 현호는 확실히 뭔가를 놓친 기분이었다.

　　　　　*　　　　　*　　　　　*

　FBI 뉴욕 지부장 릭 카터는 퇴근을 위해 옷걸이에 걸어둔 코트를 챙겨 입으려다가 멈칫했다.

　전화벨 소리였다.

　카터는 전화기를 쳐다봤다.

　이상한 일이다. 평소라면 바로 전화를 받았을 그였는데 지금 순간 꺼림칙한 느낌이 들었다.

　그는 잠시의 생각 뒤에 손을 뻗었지만 전화는 곧 끊어졌다.

　카터는 다시 전화를 기다렸지만 오지 않았다.

　코트를 마저 입은 그는 사무실을 빠져나왔다.

　이리저리 바쁘게 돌아다니는 직원들을 눈에 담으며 엘리베이터에 올라탔다.

　카터는 손목시계와 엘리베이터의 층계가 바뀌는 걸 번갈아 확인했다.

　엘리베이터에서 내린 그는 로비를 지나는 중에 경비와 가볍게 인사를 하고 FBI의 건물을 빠져나왔다.

　밖의 날씨는 제법 선선했고, 조금 덥다는 느낌이 들었다.

　운동하기 좋은 날씨다.

　분주히 지나는 사람들 사이를 가로질러 횡단보도를 건넜다.

문득 얼마 전에 처분해 버린 차를 떠올렸다.

대중교통을 이용하는 지금이 불편한 건 아니었지만 아무래도 기동성에서 애로 점이 있게 마련이었다.

버스를 탈까 택시를 탈까 고민하던 그가 도로에 다가가 손을 들었다.

"택시!"

곧바로 노란색 택시가 멈춰 섰다.

카터는 택시 뒷문의 손잡이를 잡아 열었다.

행선지를 말하며 택시에 몸을 밀어 넣으려던 그때였다.

탁.

옆에서 갑자기 나타난 손이 카터가 택시에 타지 못하게 뒷문을 다시 닫았다.

"미스터 차?"

카터는 눈을 찌푸렸다. 차현호였다.

"탈 겁니까, 말 겁니까?"

택시 기사가 창문을 열어 짜증 섞인 목소리로 물었다.

"미안합니다. 그냥 가세요."

카터는 택시 기사에게 양해를 구하고 타지 않았다.

택시가 떠나고 그제야 현호를 향해 물었다.

"여기는 어떻게 온 겁니까?"

질문과 함께 주변을 빠르게 살폈다.

차현호에게 PA의 미행이 붙었거나 혹은 감시의 시선이 있을 수 있다.

물론 차현호가 가진 미상의 능력이라면 그런 것들은 알아서 처리하고 왔을 것이다.

문제는 지금 이 자리에 그가 있다는 것 자체였다.

현호는 무거운 미소를 띠고 카터를 바라봤다.

"잠깐 좀 걸을까요?"

"…좋습니다."

카터는 고개를 끄덕이고 먼저 걸음을 내디뎠다. 이제 와 다른 사람의 눈을 고려하는 것도 우스운 일이었다.

"이상한 점이 있어서 찾아왔습니다."

현호는 카터의 곁을 나란히 걸으며 얘기를 꺼냈다.

"뭐가 이상하다는 겁니까?"

"계획을 전면 보류해야 할지도 모릅니다."

놀란 카터는 잠시 걸음을 멈췄다가 다시 걸으며 물었다.

"왜입니까?"

"나는 여태 엘린을 PA, 그 자체로 봤습니다."

"그게 무슨 얘기죠?"

카터가 재차 물었다. 그러자 현호는 여기에 달려온 이유를 꺼내기 시작했다.

"이 일이 만약 엘린의 단독 범행이라면?"

현호는 가장 기본적인 사실을 이제야 눈에 담을 수 있었다.

그동안은 PA와 엘린을 동일시했다. 그 외적인 부분을 생각지 않았다.

하지만 론다 윤의 얘기를 계속 곱씹다 보니 문득 그 사실을 깨달을 수 있었다.

론다 윤은 엘린이 아닌 현호의 손을 잡겠다고 했다.

그 말은 어쩌면 힌트였는지도 모른다.

그녀는 현호가 보는 시야의 각도를 조정해 주려 했는지도 모른다.

"PA가 엘린을 버릴 수도 있다는 얘기를 하는 겁니까?"

카터가 자신이 받아들인 뜻으로 해석해 되물었다.

"예."

"훗."

카터는 가볍게 웃어넘겼다. 되레 지금에 와서 이런 부분을 되짚는 차현호에게 실망감도 느꼈다.

"PA는 엘린 가문의 소유입니다. 그리고 그녀의 아버지가 최고경영자이기도 합니다."

"그건 저도 알고 있습니다."

현호도 모르는 바가 아니었다. 이미 그 정도의 확인은 거치고 움직였다.

"그럼 왜?"

현호는 횡단보도 앞에서 걸음을 멈췄다. 그러고는 카터의 눈을 보고 물었다.

"PA의 주인이 바뀔 가능성은 없는 겁니까?"

"PA… 주인이… 바뀐다고?"

카터가 미간을 찌푸렸다.

그 부분은 전혀 고려치 않았다.

차현호는 계속 얘기했다.

"나는 제보 내용도 어쩌면 허구가 아닐까 생각하고 있습니다."

"그건 또 무슨 얘기입니까?"

미처 좀 전의 얘기도 정리되지 않은 카터였다.

생각지도 못한 얘기가 연타로 나오니 혼란스러웠다.

"FBI는 제프리의 제보 내용을 바탕으로 정황증거만 가지고 있지 핵심적인 증거가 없습니다. 그래서 내게 손을 내민 거고……. 하지만 애초부터 제보자가 알고 있는 사실들이 엘린이 의도해 만든 거짓이었다면?"

카터는 생각에 잠겼다.

'엘린이 그럴 이유가 있을까?'

그래서 그녀가 얻는 게 무엇이란 말인가.

현호가 생각에 잠긴 카터에게 자신의 답을 꺼냈다.

"FBI의 무리한 수사는 공화당의 먹잇감이 될 수 있으니까."

횡단보다 신호가 바뀌었다.

하지만 카터는 건너지 않았다. 대신 차현호의 얘기를 정리했다.

"그럼 당신이 얘기한 그 두 가지가 맞다는 가정을 하면 그러니까 PA가 엘린을 버리고……."

지금 FBI의 수사 방향은 한국의 특무부를 시작으로 민대호를 거쳐 엘린에게 뻗치고 있었다.

종국에는 엘린을 붙잡고 PA로 수사를 확대해야 하는데, PA가 그녀를 버린다면 수사는 PA의 문턱에서 멈춘다.

"그리고 제보 내용이 엘린이 유도한 함정이라면……."

그렇다면 FBI의 수사는 건지는 것 없이 정치권의 공작으로 비칠 테고 여론의 집중포화를 입을 수도 있다.

"하지만 그러려면 엘린이 PA에 있어야 하는데……."

카터는 다시 현호를 바라봤다.

현호의 얘기대로라면 앞뒤가 맞지 않는다.

그리고 엘린이 저지르는 일은 결코 혼자서는 할 수 없는 일이다.

PA를 등에 업어야 가능하다.

PA 핵심 인사들은 그녀의 계획을 알고 있을 것이다.

물론 공화당 핵심 의원들도 연루됐을 거라고 본다.

그러니 제보가 함정이라면 그녀가 일을 벌이는 것에 있어 PA의 지원이 있어야 가능하다.

애초 FBI는 제프리의 제보 내용을 바탕으로 엘린이 차현호라는 존재를 필요로 하고 있다는 것에 주목했다.

그래서 차현호를 포섭해 그녀를 역으로 공격할 계획을 세웠다.

이후 차현호의 제안으로 계획이 변경되긴 했지만, 어찌 됐든 FBI는 차현호를 포섭하는 데는 성공했다.

'그럼, 차현호라는 존재는 엘린의 시선 돌리기였다는 말인가?'

하지만 여기까지 생각을 해봐도 명확하지는 않다.

다시 추론의 중간 지점으로 돌아올 뿐이다.

'결국 제보가 함정이든 진짜든 일이 벌어지려면 일을 주도한 엘린이 PA에 있어야 한다.'

생각 끝에 카터는 고개를 가로저었다.

"앞뒤가 안 맞습니다. 제보 내용이 허구일 수 있다는 가정은 나도 고려해 보겠습니다. 하지만 PA가 엘린을 버린다는 것은 아무리 해도 들어맞지가 않습니다."

그러자 현호는 또다시 신호가 바뀐 횡단보도에 발을 내디뎠다. 이번에는 카터 역시 횡단보도를 건넜다.

적당히 보폭을 유지하며 현호가 말했다.

"한 가지 묻고 싶습니다. 정치는 이해관계 아닌가요?"

"맞습니다."

카터는 고개를 끄덕였다. 현호는 계속 말했다.

"만약 PA가 지원하고 있는 공화당이 이 일을 무리하다고 판단했다면? 그리고 FBI 당신들 뒤에 있는 정부 역시도 이 일을 계속 수사해 봤자 득보다는 실이 크다고 판단했다면?"

순간 카터가 걸음을 멈췄다. 현호도 걸음을 멈췄지만 얘기는 멈추지 않았다.

"한국에는 이런 일이 비일비재합니다. 어제의 적도 이해관계가 맞으면 손을 맞잡고 함께 웃으며 사진을 찍습니다."

"엘린의 계획이 무리하다고 판단한 공화당과, 수사를 계속해 봤자 득보다 실이 크다고 판단한 정부가 손을 합쳤다. 그래서 PA가 엘린 가문을 버린다?"

카터가 독백 속에 현호의 얘기를 정리했다.

그렇게 된다면 결국 FBI 수사는 멈춘다.

정부가 그런 결정을 했다는 것은 이미 FBI 상부의 보고를 받았다고 봐야 한다.

현호의 말대로 공화당을 곤란에 빠뜨리는 것보다는 잡음으로 인한 실이 더 크다고 판단했다면.

또 공화당은 자신들의 계획이 무리했다고 판단, 서둘러 정부와 민주당에 손을 내밀어 그 일을 깨끗이 봉합하기로 했다면.

'그렇다면 답은 곧 나온다. 수사가 멈추면 미스터 차의 말이 맞는 거고, 멈추지 않는다면 미스터 차가 틀린 거다.'

속삭임을 중얼거리는 카터의 모습에 현호는 고개를 끄덕였다.

"그럼 저는 이만 호텔……."

하지만 현호는 더 이상 얘기를 이을 수가 없었다.

끼이이이!! 탁!!

지금 순간 여러 대의 차가 현호와 카터 앞에 멈춰 서고, 그 안에서 내린 이들이 두 사람을 향해 총구를 겨눴다.

"FBI다! 움직이지 마!"

*   *   *

PA가 엘린과의 선을 끊을 수 있는 이유는 너무도 간단하다.

어차피 제프리의 제보 내용은 엘린이 만든 함정이다.

그러니 통계 프로그램 해킹 사실은 처음부터 없었으며, IRS의 전산이 마비될 일도, 30억 달러의 세금이 국외로 유출될 일도 없을 것이다.

결국 아무 일도 일어나지 않는 것이다.

'…당했어.'

현호는 이제 인정해야 했다.

그동안 제대로 헛짓거리를 했음을.

'차현호'라는 존재는 처음부터 엘린이 의도한 시선 돌리기

용 아이템일 뿐이었다.

엘린이 판을 짰고, 현호는 그 판 안에서 실컷 돌아다니다가 잡혀 버렸다.

"10분밖에 시간이 없습니다. 연락할 사람이 있으면 지금 얘기하세요."

맞은편 수사관 자리에 앉은 릭 카터의 시선이 무거웠다.

카터 역시도 이런 상황을 예상치 못했을 것이다.

현호는 수갑을 찬 자신의 두 손과 그를 잠시 번갈아 본 끝에 물었다.

"엘린은 어떻게 됐습니까?"

"당신 말이 맞았습니다. PA 경영진은 지난번 탈세 사건을 빌미로 오늘 주주총회에서 엘린 가문을 퇴출했습니다. 그것 때문에 지금 월가가 난리가 났고."

현호는 어제 호텔을 나설 때도 자신의 생각이 틀렸기를 바랐다.

카터를 만나는 순간까지도 그저 우려이기를 바랐다.

하지만 FBI에 체포되는 순간 그 같은 바람들은 의미가 없어져 버렸다.

현호의 추측이 정확히 맞은 것이다.

굳이 실수를 꼽자면 제프리의 제보가 엘린이 의도해 만든 함정일 가능성을 고려했으면서도 적극적으로 알아보려 하지 않았다는 점이다.

아니, 처음부터 그 같은 가능성을 고려해서 일을 진행했어야 했다.

'너무 안일했어.'

카터는 생각에 잠긴 차현호를 바라봤다.

차현호는 놀라울 정도로 상황을 정확히 꿰뚫어 봤다. 단지 아쉽게도 조금 늦었을 뿐이다.

인터폴의 수사는 중단됐다.

또한 FBI의 수사는 급하게 마무리 단계로 들어갔다.

대상도 PA가 아닌 차현호로 바뀌었다. 그 혐의란 것도 IRS의 정보를 차현호가 불법으로 취득했다는 내용이다.

물론 차현호에게 정보를 준 것은 IRS이고, FBI가 PA를 잡기 위해 그와 거래를 한 것이었다.

그러니 정확히는 FBI가 차현호를 붙잡아 둔 이유는 그가 지금까지의 상황을 알고 있으니 당분간 묶어놓으려는 것이다.

그리고 아마 그 당분간이 어쩌면 더 길어질 수도 있다.

"당신은 어떻게 되는 겁니까?"

현호가 카터에게 물었다.

"나는……."

카터는 씁쓸함에 미간을 찌푸렸다.

FBI의 PA에 대한 수사는 공식적으로 종결이다.

카터는 잘못된 제보에 수사권을 남용한 것과 조력자로서 부적합한 차현호와 손을 잡았다는 이유로 대기 발령 상태였다.

결국 달라지는 건 아무것도 없었다.

그저 힘없는 몇 사람이 부지런히 움직였고, 또 총대를 메고 바스러질 뿐이었다.

정작 일을 계획했을 공화당이나 PA는 아무렇지도 않은 얼굴로 저녁 식사나 하고 있을 테고.

"미스터 차… 당신이 말한 미스 강 소유의 별장은 내가 책임지고 수색하겠습니다."

어찌 됐든 현호가 FBI에 체포된 것은 카터의 책임이 컸다.

"알겠습니다."

현호의 대답에 카터가 자리에서 일어났다.

미안한 것은 사실이지만 당장 도움을 줄 방법은 없었다. 이제 FBI는 사설탐정보다 못한 존재로 전락해 버렸으니까.

조사실 문을 열고 밖으로 나가려던 카터가 다시 멈췄다.

"정말 연락하고 싶은 사람이 없습니까?"

같은 질문에 현호는 다른 걸 물었다.

"FBI는 엘린에 대해 수사할 겁니까?"

"그러지 않을 겁니다."

대답을 들은 현호는 이내 고개를 끄덕였다.

PA로서는 엘린을 버렸지만 그녀를 완전히 매장할 수는 없었다. 그녀의 가문이 당장 무너질 정도는 아닐 것이다.

그리고 엘린 역시도 버려졌다고 PA에 복수를 할 만큼의 입지는 아니다.

그럴 방법도 없을 테니, 훗날의 복귀를 위해서는 지금은 잠시 움츠릴 때다.

'생각, 생각!'

지겨운 생각.

현호는 그대로 눈을 감았다.

생각의 고리가 결국 지금에 와서야 그의 발목을 붙잡았다.

차라리 FBI의 제안을 처음부터 거절하고 바로 한국으로 돌아갔다면 여기까지 오진 않았을 것이다.

물론 후회하는 건 아니었다.

그에게는 설희를 빼와야 하는 어떤 의무감이 있었다.

그리고 IRS의 정보는 놓칠 수 없는 유혹이었다.

철컥.

카터가 조사실을 빠져나간 뒤에도 현호는 한참 동안을 눈을 감은 채 앉아 있었다.

*   *   *

"왜 그러고 있어요?"

하염없이 창밖을 보고 있던 설희가 고개를 돌렸다. 그녀는 다가오는 남자를 향해 억지로 미소를 보였다.

그는 현호의 친구인 송승국이었다.

마침 송승국이 잡지 화보 촬영 차 뉴욕에 왔고, 현호는 그에게 설희를 부탁했다.

"여기요."

송승국이 따뜻한 커피가 담긴 머그컵을 그녀에게 내밀었다.

"고마워요."

"무슨 생각을 그렇게 해요?"

좀 전의 그녀처럼 송승국도 창밖을 한번 내려다봤다.

창밖 너머로 노을이 드리워진 허드슨 강의 풍경이 펼쳐져 있었다.

이 아름다운 풍경을 보고 있으면서도 설희는 근심이 가득한 얼굴이었다.

"왠지 걱정이 돼요."

설희는 나직이 현호에 대한 얘기를 꺼냈다.

그녀의 바람대로 그가 뉴욕에 와서 그녀를 구해줬다.

너무 믿기 힘든 만큼 그 일은 순식간에 벌어졌고, 영화처럼 일어났다.

그의 손을 잡고 달렸던 순간, 그와 눈을 마주한 순간, 그와 입맞춤을 한 순간, 그 모든 것에 빠져들었고 해방감이 더해져 한동안 정신을 차릴 수가 없었다.

하지만 이곳에 와서 허드슨 강을 바라보며 그를 기다리는 동안에 생각이 많이 정리가 됐다.

"뭐가 걱정이 되는데요?"

송승국이 커피 한 모금을 마시고 물었다.

그의 눈이 짓궂게 웃고 있었다.

"신전은 그룹이에요. 40여 곳이 넘는 계열사를 거느리고, 그 아래 수만 명의 직원이 있어요. 물론 그들 하나하나와 싸우는 건 아니지만 그래도 현호 씨 개인의 몸으로 상대하기는 버거운 상대죠."

버거움을 넘어서 불가능에 가깝다.

그래서 설희는 내심 마음의 준비를 하고 있었다.

언제든 그의 손을 놓고 되돌아가야 할지도 모르는 일이었다. 그리고 그에게 피해가 생긴다면 언제든 걸음을 돌릴 것이다.

"훗."

송승국이 피식 웃었다. 그 웃음 뒤로 그는 고개를 절레절레 흔들고 창가에 걸터앉아 그녀를 향해 말했다.

"차현호에 대해서 너무 모르시는구나."

"예?"

"하긴, 한국에 오랫동안 없으셨으니까."

맞는 얘기다.

설희는 현호에 대해서 그리 많은 걸 알지 못한다.

그럼에도 그가 구해주러 오길 기대한 것은 그녀가 기억하고 기댈 수 있었던 사람이 그 한 사람밖에 없었기 때문이다.

"그놈, 설희 씨 생각처럼 약한 놈 아닙니다."

"그런 뜻이 아니라……."

"알아요. 무슨 얘기인지… 제가 하는 말은 현호, 그놈이 신전그룹에 쫓거나 밀릴 만큼 허접한 놈이 아니라는 거죠. 더 정확히 말하면, 아마 신전이 지금 현호의 눈치를 보고 있을 겁니다."

너무도 호언하며 얘기를 하는 통에 설희는 며칠을 봐온 송승국의 얼굴이 낯설게 느껴질 정도였다.

송승국이 다시 창가에서 엉덩이를 떼고 소파로 향하다가 멈췄다.

그가 뒤를 돌아보며 얘기를 꺼냈다.

"그보다 하나 묻고 싶은 게 있는데."

"어떤 거요?"

강설희 역시 소파로 향하며 물었다.

"현호, 그 녀석을 어떻게 생각하고 있습니까?"

전에 없이 진중해 보이는 송승국의 얼굴에 설희는 대답을 머뭇거렸다.

"자신 없나요?"

"아니요."

이번에는 그녀가 바로 고개를 가로저었다.

"자신 없는 게 아니에요. 단지, 현호 씨가 이런 나를 어떻게 생각할지……."

그 말에 비로소 송승국이 만족한 듯 웃으며 소파에 앉았다. 커피 잔을 어루만지며 그가 말했다.

"제가 지금껏 본 현호는 여자들에게 무척 잘해주는 놈이었어요. 뭐, 현호하고 다시 만난 지 그리 오래되진 않았지만."

"그게 무슨……."

"많은 여자가 현호를 좋아하더군요. 혹시 배우 조세은이라고 아세요? 그 친구도 현호한테 빠졌는데… 훗, 좋아하지 않을 수가 없는 놈이니까."

설희는 잠시 침묵 속에서 송승국의 목소리에 집중했다.

"현호는 그 많은 여자에게 잘해줘요. 마치 어떤 의무감? 그게 아니면 안쓰러움? 미안함? 참 이상한 놈이죠. 저는 현호가 이성을 마주하고 있을 때 녀석의 시선을 가끔 지켜본 적이 있어요. 근데 단 한 번도 그 시선이 흔들린 적이 없어요. 잘해주는 것과는 다르게 말이에요."

문득 송승국은 박진숙을 떠올렸다.

그 사이 설희는 그의 의견에 동조하듯 고개를 끄덕였다.

"그래요. 현호 씨는… 그런 사람이죠."

그녀가 생각해도 현호는 그런 남자일 것 같았다. 밀어내는 걸 잘 못 하는 남자. 미안함 혹은 동정심에 어쩔 수 없이 받아주는, 어떻게 보면 무책임한 남자.

"제가 왜 이런 얘기를 하냐면… 하, 횡설수설이네……. 아무튼 저는 처음 봤어요. 그날 현호가 설희 씨 여기 데려왔을 때의 그 눈. 저는 그 자식이 여자를 안 좋아하는 건가 했거든요? 하하, 근데 아니더라고요. 진짜 제대로 빠졌더라고요. 설희 씨한테."

송승국이 얘기의 마침표를 찍듯 설희를 바라봤다.

그 시선에 설희는 내심 마음이 편해지는 기분이 들어 저도 모르게 입가에 떠오른 미소를 손으로 가렸다.

"그냥 맘 편히 웃으세요. 현호 걱정하지 말고 그냥 믿고 따라가요. 이제 현호, 올인 할 겁니다. 강설희라는 사람에게……."

"훗."

설희는 새어 나오는 웃음을 더는 감추지 못해 입술만 괜스레 쓸어내렸다.

두근두근.

그녀의 가슴이 움직이고 있었다.

어서 빨리 그가 돌아오기를 바라고 있었다.

*　　　　*　　　　*

"훗, 재밌네요."

엘린의 입술은 조소를 띠고 있었다. 그녀의 하얀 얼굴은 딱딱하게 굳어 있었고, 눈은 차갑게 식어 있었다.

반면 현호는 한 치의 미동도 없이 그녀의 표정을 눈에 담고 있었다.

"당신이더군요. 이 일의 균형을 깬 사람이."

엘린이 코끝을 찌푸리고 말했다.

그녀가 염두에 둔 차현호라는 존재는 민대호와 더불어 FBI의 시선을 붙잡을 연막용 아이템이었다.

계획대로라면 차현호는 FBI와 손을 잡고 제프리의 제보를 진실이라고 믿은 채로 엘린을 감시하고, FBI는 그 사이 부지런히 함정수사를 해야 했다.

그렇게 디데이가 오면 FBI는 엘린을 체포하러 올 테고 그때, PA의 반격이 시작되는 것이다.

제보가 허구였으며, FBI가 한국인과 손잡아 무리한 함정수사로 엘린과 PA를 곤경에 빠뜨렸다고 역공격을 하는 것이다.

그게 엘린과 PA의 계획이었다.

그 계획으로 인해 이번 대선에서 공화당이 승기를 잡을 가능성이 컸다.

또 한국에서 론다 윤이 진행 중인 로비에도 안전핀을 걸 수 있었을 것이다.

그런데 계획이 어긋나 버렸다. 연막용 아이템일 뿐이었던 차현호 때문에.

한국의 특무부가 민대호를 조사함으로 인해서 FBI는 제프리의 제보 내용이 아닌, 다른 방향으로 엘린과 PA를 수사할 수 있게 됐다.

IRS을 움직여서 또다시 세금 문제를 거론하고, 더 나아가서는 공화당에까지 들어간 PA의 자금이 추적당할 가능성이 생겼다.

지난 세무조사에서 PA는 16억 달러에 IRS와 합의했다.

하지만 그때는 정치적인 문제는 논외 상황이었다.

그런데 이번 일은 정치가 얽혔다.

IRS에 정부의 입김이 분다면 지난번 16억 달러라는 거액의 세금을 납부한 것과는 차원이 다른 일이 벌어질 수 있었다.

결국 PA와 공화당은 태세를 바꿔 정부와 민주당에 화해의 제스처를 취했다.

어차피 길게 가면 서로가 상처 입을 싸움이었다.

대신 주먹을 먼저 휘두른 책임이 있으니 PA는 불량 학생을 잘라 버렸다. 바로 엘린이 그 대상이었다.

"하……. 아무리 생각해도 내 계획은 완벽했는데."

엘린이 고개를 가로저으며 후회를 했다. 그제야 현호도 피식 웃으며 얘기를 꺼냈다.

"당신이 왜 실패했는지 압니까?"

엘린의 눈썹이 찌푸려졌다. 그녀는 잠시 현호를 노려보다가 물었다.

"왜죠?"

"너무 깨끗하게 움직였으니까."

"뭐라고요?"

"정치 공작은 깨끗하게 움직이면 안 되는 겁니다."

현호는 카터에게서 PA의 뒤에 공화당이 있다는 얘기를 들었을 때, 그리고 FBI의 뒤에는 정부가 있을지도 모른다는 생각을 했을 때, 이처럼 사건이 복잡하게 얽힌 반면에 PA나 FBI가 너무도 차분히 움직이고 있다는 생각을 어렴풋이 한 적이 있었다.

물론 그 생각을 외면한 것도 지금 상황까지 온 요인일 것이다.

"훗, 이제와 그게 무슨 소용인가요? 당신은 FBI에 체포됐고, 나는 회사에서 버려졌는데. 아, 이런 얘기해도 상관없잖아요? 어차피 FBI도 다 아는 사실인데."

엘린은 눈을 치켜떠 조사실 천장에 위치한 녹화 카메라를 향해 근사한 미소를 보였다.

그녀가 다시 말했다.

"자, 왜 날 불렀는지 얘기하세요."

현호는 카터에게 부탁을 했다. 엘린과 할 얘기가 있으니 데려와 달라고 했다.

만약 오지 않으려 한다면 그녀의 비밀을 FBI에 알릴 거라고, 그녀에게 말하라고 했다. 그리고 엘린은 한달음에 달려왔다.

"틱톡, 틱톡. 시간이 가고 있어요. 할 얘기가 없으면 일어나죠. 나는 이만 가봐야 돼서. 정리할 게 많네요."

"날 여기서 빼내주셨으면 합니다. 당신이라면 아직 그 정도는 PA와 딜을 할 수 있잖습니까. 어차피 서로들 눈치를 보고 있는 상황일 테니……."

"하하하!!"

순간 엘린이 박장대소를 터뜨렸다. 그녀는 감탄사와 함께 고개를 절레절레 흔들었다.

"하……. 대단하네요, 차현호 당신이라는 사람은."

웃음이 옅어지고 잔잔히 남은 웃음을 입가에서 밀어내며 그녀가 현호를 노려보고 물었다.

"내가 왜 그래야 하죠? 당신에 대한 동정 혹은 죄책감을 느끼라고? 근데 어쩌죠. 난 그럴 생각이 없는데. 결국 제안을 받아들은 건 당신이 아니었나요? 또 정확히 말해서 그쪽은 나를 배신하고 FBI의 손을 잡은 것 아니었나요?"

"하……. 엘린, 똑똑한 줄 알았는데 미련하군."

"뭐라고?"

엘린이 눈을 찌푸리자 순간 현호가 고개를 들이밀었다.

그녀의 귓가에 바싹 붙어 빠르게 속삭였다.

"내가 엘린 당신을 PA에 돌려보내 주지. 아주 빠르고, 간결하게 말이야. 이 뒤쳐진 게임에서 최후의 승자가 되게 해주지."

다시 멀어진 현호를 엘린이 넋을 잃은 시선으로 바라봤다. 그러던 중 그녀의 하얀 목이 꿈틀거렸다.

엘린은 지금 생각을 하고 있었다.

이 사람이 지금 미친 건가.

아니면 다른 수가 있는 건가.

그게 아니면 블러핑(거짓 배팅)인가.

엘린의 하얀 목이 다시 꿈틀거렸다.

"72시간. 당신에게 정확히 72시간의 자유를 주죠. 지금부터 엘린 가문 최고의 변호인단을 붙여드리겠습니다."

현호는 그녀의 눈을 바라보던 시선을 숙여 양손에 감긴 수갑을 쳐다봤다.

그가 다시 고개를 들자 그녀가 말했다.

"Adversity makes strange bedfellows."

그래, 역경은 친구도 바꾸는 법이다.

31장

나비효과

샤워 후 깨끗한 옷으로 갈아입고 나온 현호는 그대로 룸을 나와 엘리베이터를 탔다.

엘리베이터 거울 속 자신의 모습을 잠시 바라보며 옷매무새를 고쳤다.

얼굴은 푸석해 보였지만 눈빛은 차분했다.

호텔 식당에 도착하니 엘린이 먼저 식사를 하고 있었다.

말쑥해진 현호의 모습을 본 그녀가 손에 든 나이프를 내려놓고 미소를 보였다.

"역시 사람은 자유로워야 돼요. 안 그런가요?"

"자유는 소중한 거죠."

현호는 그녀 앞에 앉았다. 그녀가 아니었다면 FBI에서 나오지 못했을 것이다. 더 나아가 상황도 심각해졌을 것이다.

'외교부, 이 인간들.'

국민이 잡혀 있는데도 코빼기 하나 비치지 않은 인간들.

언젠가는 손을 봐야겠다는 생각을 잠시 하고, 현호는 엘린을 바라보고 말문을 열었다.

"지금 기분이 어떻습니까?"

"더럽네요. 이 내가, 우리 가문이 모멸을 당했으니까."

엘린의 미소가 스스로에 대한 조소로 바뀌었다. 자신의 현재 상황이 그녀로서도 매우 불만족인 듯 보였다.

그래서 현호는 질문을 바꿔 물었다.

"그럼 다시 돌아갈 준비는 됐습니까?"

"훗, 내 자리로 돌아가는데 준비가 필요한 일인가."

"자리로 돌아가면 칼을 휘둘러야 하니까 준비가 필요한 일이죠."

현호의 말대로 엘린은 그 자리로 돌아가면 지금의 경영진을 전원 물갈이할 여자다.

그녀의 눈이, 그녀의 잘근 씹힌 입술이 그 사실을 말해주고 있었다.

"지루한 얘기 그만해요. 자, 날 어떻게 돌려보내 줄 건가요?

당신에게 남은 시간 그리 많지 않아요. 흠, 이제 70시간 남았네."

엘린은 자신의 손목시계를 톡톡 두드리며 말했다. 금장과 다이아몬드가 박힌 고급 시계였다.

하지만 현호는 식사를 끝내고 해답을 얘기해 주겠다고 답을 했다.

식사를 시작한 그는 마치 지금 상황의 불만을 뱃속에 밀어 넣으려는 듯한 기세로 먹는 데만 집중했다.

먼저 식사를 끝낸 엘린은 아무 말도 하지 않고 와인을 머금으며 그 모습을 지켜봤다.

"하……. 이제 좀 배가 차네."

하얀 냅킨을 들어 입술을 닦은 현호는 다시 엘린을 제대로 마주했다.

"난 싸우기 전에 든든하게 먹는 편이라서요."

"허드슨 강 근처에 괜찮은 식당이 있어요. 애인과 식사를 하기에도 분위기가 좋은 곳이고."

그 말에 현호의 미간이 살짝 찌푸려졌다.

'설희에 대해서 알고 있는 건가.'

일이 잘못돼 틀어지면 FBI로 돌려보내는 것으로 끝내지 않겠다는 뜻으로 비쳤다.

하지만 상관없다.

"그럼 나중에 소개해 주세요. 일 끝나고 들리게."

"훗, 제일 비싼 자리로 예약해 드리죠."

"그럼, 얘기를 시작해 볼까요."

현호의 눈빛이 변했다.

＊　　　＊　　　＊

"진흙탕으로 만들라고요?"

엘린이 되물었다. 동그랗게 뜬 그녀의 파란 눈에 현호의 미소가 담겼다.

"예. 진흙탕으로 만드는 겁니다."

"어떻게요?"

"그전에 IRS의 통계 프로그램은 다 완성됐습니까?"

"그건……."

엘린이 노란색 눈썹을 찌푸렸다. 현호는 그녀가 망설이는 이유를 알기에 먼저 얘기를 꺼냈다.

"프로그램 해킹 사실이 엘린 당신이 의도한 함정이라는 거 알고 있습니다. 내가 얘기한 건, 애초에 국세청이 의뢰한 통계 프로그램이 완성됐냐, 이 말입니다."

"흠, 나흘 후에 IRS에서의 사용을 시작으로 차츰 연방 정부로 이용 범위를 넓힐 겁니다. 듣자 하니 훌륭한 프로그램이라고 하더군요."

"잘 됐네요. 그럼 계획대로 하죠."

"예? 그건 또 무슨 말인가요?"

"프로그램에 해킹 코드를 심으라는 겁니다. 그 정도 공작할 힘은 남아 있지 않나요?"

잠시 엘린은 아무 말도 하지 않고 와인을 음미했다. 생각을 정리하려는 듯했다. 그런 뒤에 그녀가 하얀 목을 갸웃하며 물었다.

"그게 무슨 의미가 있죠?"

"국세청 전산이 다운되면 PA가 저지른 일이라고 언론에 노출하세요."

"나보고 자폭을 하라는 건가요? 공화당과 정부가 가만히 있을까요? 결국 내가 덮어쓰게 될 겁니다."

"아니요. 공화당, 정부도 결국에는 엘린을 비호하게 될 겁니다."

"하… 하하. 그걸 나보고 믿으라는 건가요?"

엘린이 가는 어깨를 들썩이며 웃었다.

그러자 현호는 와인을 한 모금 마시고 그녀처럼 미소를 띠며 호텔 식당의 전경을 눈에 담았다.

식당에는 많은 사람이 식사를 하고 있었다. 다양한 사람들의 미소와 찌푸림, 혹은 웃음이 식당을 가득 채웠다.

문득 현호는 그들이 나누는 대화들이 어떤 일상을 담고 있는지 궁금했다.

저들은 알까. 지금 이 자리에서 전 세계를 흔들 대화가 이어지고 있다는 것을.

"지금부터 하는 얘기는 앞으로 역사상 유례없는 스캔들로 번질 겁니다."

"후, 빙빙 돌리지 좀 말아요. 스캔들이 무슨 얘기죠?"

현호가 입을 떼자 엘린이 궁금해 미치겠다는 시선으로 그를 재촉했다.

'미 대통령의 성 추문 사건.'

현호는 미래를 알고 있다. 그러니 앞으로 무슨 일이 벌어지고, 그 일이 어떤 결과를 낳을지도 알고 있었다.

현호의 이전 삶에서는 1997년 12월, 미 대통령의 성 추문 사건이 터진다.

이는 전 세계에 센세이션을 일으킨 충격적인 사건으로 대통령의 탄핵소추까지 이어지는 중대한 사건이다.

물론 탄핵이 상원 투표에서 부결됐지만 대통령은 큰 곤경에 처하게 된다.

"지금부터 내가 하는 얘기를 어디서, 어떻게 알았는지에 대해서는 궁금해하지 마세요. 그저 듣고, 판단하고, 움직이면 됩니다."

"그러니까 그게 무슨 얘기인데요?"

엘린이 다시 물었다.

현호는 지금의 얘기를 꺼내기까지 많은 고민을 했다.

역사를 바꾸게 된다는 것.

그것만은 여태 현호가 계속 꺼려왔던 일이다.

그래서 이호 의원과도 관계를 최소화하려 했고, 관세청장 이주헌의 일에도 깊숙이 개입하지 않으려 노력했다. 금진은행 건은 조금 위험하기는 했지만 더 깊이 개입하지 않고 흐름에 맡겼었다.

하지만 지금 이 얘기를 꺼내면 역사가 다르게 움직일 것이다.

"슬슬 기다림에 염증이 생기는 것 같네요."

엘린이 미소와 함께 다시 한 번 재촉했다.

그제야 현호는 입을 열었다.

*   *   *

믿을 수 없다는 얼굴이다. 하얀 볼은 떨리고 있었고, 파란 눈동자는 흔들리고 있었다.

"확실한가요?"

엘린은 몇 번이고 되물었다.

현호가 미연에 정보의 출처에 대해서 선을 그었지만, 정보 자체가 너무 놀라운 일이라서 묻지 않을 수가 없었다.

심지어 현호는 성 추문 사건의 당사자 이름도 직접 언급을 했다.

그러니 엘린 스스로 지금 얘기가 사실인지 아닌지를 조사는 것은 그리 어렵지 않은 일이었다.

"…이거 너무 위험해요."

"지금 우리가 위험한 일, 쉬운 일 가릴 땐가요?"

현호는 FBI에게 제대로 물을 먹었다.

그 때문에 그들의 행태를 참을 수가 없었다.

물론 서로가 딜을 했고, 그 딜을 했을 때부터 언제든 곤란한 상황은 찾아올 수 있었다.

불구덩이에 발을 내디디면서 온전한 몸으로 나올 거라는 생각은 순진한 아이의 생각일 뿐이다.

그렇지만 그을음은 참아도 불에 타 잿더미가 되는 것은 용인할 수 없는 법.

"누구의 손을 잡아야 하는 건가요?"

엘린은 현호에게 질문을 했다.

그녀는 여태 선택을 하는 입장이었다.

누군가의 의견에 귀를 기울이거나 매달리는 삶이 아니었다.

하지만 지금 순간은 온전히 현호에게 답을 청하고 있었다.

"글쎄요."

결국 답은 여당인 민주당을 택하거나, 야당인 공화당을 택하거나 둘 중 하나다.

민주당은 대통령의 성 추문 사건을 덮으려 할 것이다.

그렇다면 그 사실을 알고 있는 엘린에게 그들이 어떤 대우를 해줄까.

'아니, 과연 대우를 하려 할까?'

반면 공화당은 대통령의 성 추문 사건을 이용할 것이다.

터뜨리거나 혹은 정부와 거래를 하려 할 것이다.

그렇다고 이번에는 공화당이 무조건 엘린을 대우해 줄 거라고 판단할 수는 없었다. 위험한 일이니만큼 변수는 항상 존재하는 법이다.

지금 FBI나 CIA 같은 수사기관은 정부의 입김이 작용하고 있다.

하지만 미국이란 나라는 '정의'라는 인식이 강하게 존재하는 나라다.

부정부패가 있다고 해도 시민들은 언제든 자신들의 나라를 깨끗하게 만들 수 있으며, '정의'로 자신들의 조국을 이끌 수 있다고 믿고 있다.

미국의 역사 속에는 그러한 사건과 관철이 반복됐다.

물론 '정의'라는 것이 꼭 정의를 뜻하는 것은 아니다.

책임일 수도 있고, 희망일 수도 있고, 허울뿐인 신뢰일 수도 있다.

하지만 그 정의로 인해서 성 추문 사건이 언론에 공개됐을 때, 수사기관은 거침없이 대통령을 수사했다.

그리고 현호는 그 역사의 한 페이지를 생생히 기억하고 있었다.

"민주당을 찾아가세요."

생각 끝에 현호가 말했다.

"왜죠? 공화당을 찾아가는 게 더 이롭지 않을까요?"

"왜냐하면 이 사건을 터뜨리는 게 중심이 아니니까. 우리는 지금 당신을 PA로 돌려보내는 것에 집중해야 합니다. 민주당은 이 사건이 공개되지 않기를 원할 테고, 공화당은 어차피 PA의 주인이 누가 되든 상관없는 사람들입니다. 그러니 당신은 민주당에게 이 건을 가져가서 그들이 잠시 공화당과 손을 잡게 해야 합니다."

이제야 엘린이 고개를 끄덕였다.

현호는 마무리를 했다.

"우리의 계획은 IRS의 전산 다운 문제로 청문회가 일어나게 되고, PA 경영진이 모든 책임을 지고 당신이 PA로 복귀하는 거로 마무리될 겁니다."

"훗."

엘린이 피식 웃었다.

"마음에 드는 계획이네요."

"그럼 내 72시간은 연장되는 겁니까?"

그 질문에 엘린이 현호를 빤히 쳐다봤다.

미소를 띤 하얀 얼굴의 소녀.

현호는 이 여자와 손을 잡을 순간이 올 거라고는 예상하지 못했다. 그는 이번 일에서 오판을 했고, 그 오판의 결과, 선택지는 좁아졌다.

엘린의 손이 악마의 손인지 혹은 천사의 손인지 지금으로서는 알 수가 없다.

그런 건 죽어봐야 아는 노릇이다.

"참고로 이 딜에서 나를 배제하지 마시길 바랍니다. 만약 당신이나 미 정부가 나를 제거하려는 시도를 한다면, 나는 이 진흙탕을 온 천하에 알릴 겁니다."

현호는 쐐기를 박았다. 악마의 손이든, 천사의 손이든 잡았으면 끌려가는 대신 끌어오면 되는 거 아닌가.

"하……. 내가 어리석었네요."

이제 엘린이 현호를 바라보는 시선은 예전과 확연히 달라졌다. 심지어 경이로움이 담기기까지 했다.

"당신 같은 사람을 한낱 연막용 아이템으로 생각했다니."

"내가 바라는 것은 애초 FBI에 제안했던 2가지 조건, 그게 전부입니다."

"흠, 좋습니다."

엘린이 자리에서 일어났다. 현호를 내려다보는 그녀의 눈은 다시 진중해졌다.

그녀가 말했다.

"하지만 이 모든 시작은 당신이 얘기한 정보가 진짜여야 가능한 겁니다. 만약 헛소리라면……"

"죽기밖에 더하겠습니까."

현호는 혼잣말을 하며 자리에서 일어났다. 그녀의 눈을 보고 마지막 조언을 건넸다.

"정신을 집중해요. 끝날 때까지, 끝난 게 아닙니다."

* * *

설희는 강에서 노니는 거위 떼를 바라봤다. 그녀와 조금 떨어진 곳에는 송승국의 경호원들이 지키고 있었다.

"아……"

바람이 불어왔고, 짓궂게도 그녀가 쓰고 있는 모자를 날려 버렸다.

"제가 주울게요."

그녀는 경호원에게 살짝 손을 내밀며 미소를 보였다.

천천히 모자에 다가갔지만, 그녀의 모자는 다른 사람이 먼저 주웠다.

그 사람은 미소 띤 얼굴로 그녀에게 모자를 내밀었다.

"여기요."

그리고 설희는 모자를 받는 대신에 그 사람에게 안겼다.

＊　　　＊　　　＊

디데이, IRS 전산 마비 계획 시행일.

"으흠… 흠흠… 흠……."

IRS 텍사스 지부.

아만다는 콧노래를 흥얼거리며 휴게실에서 원두커피를 내리고 있었다.

아침에 출근하면 그녀는 항상 휴게실에 들려서 원두커피와 바나나 하나를 챙겨 먹고는 했다.

"흠흠……."

오늘은 그녀의 팀이 오래전부터 진행해 온 통계 프로젝트의 새로운 프로그램이 현장에서 사용되는 첫날이었다.

프로젝트 팀이 구상한 바가 시행되면 이제 IRS는 전국의 세금 납부 추이와 더불어 미국인들의 전반적인 소비 패턴을 매우 빠르게, 그리고 정확히 파악이 가능하다.

그러니 그녀의 콧노래가 절로 나올 수밖에 없는 아침이었다.

"아만다, 좋은 아침."

휴게실에 들어온 동료가 들뜬 얼굴의 그녀 곁을 지나갔다. 이내 동료는 단백질 셰이크에 영양제를 섞으며 그녀를 돌아봤다.

"아만다의 팀이 추진한 통계 프로젝트가 이번에는 성과를 보이겠지?"

"응, MIT 수재들이 만든 프로그램이니까 기존 데이터베이스하고 연동하면 늦어도 이번 주 내로 결과가 나올 거야."

아만다는 여전히 들뜬 얼굴이었다.

오랫동안 추진한 프로젝트가 이제야 빛을 발하는 순간이었다.

통계 프로그램을 어떻게 쓰느냐에 따라서 비단 세무 분야가 아니더라도 여러 분야로 사용 범위를 확대할 수 있을 것이다.

더구나 1, 2차에 걸친 프로그램 베타테스트에서 충분히 만족할 만한 결과가 나왔다고 하니 기대가 클 수밖에 없었다.

"잘됐네. 뉴욕에 전근 신청한 것도 별 무리는 없겠어."

"응."

동료에게 맑은 미소로 화답하고 아만다는 휴게실을 나왔다.

사무실 자신의 자리로 돌아온 그녀는 책상에 커피를 내려놓고 의자를 끌어 앉았다.

컴퓨터 바탕화면에는 기술진이 설치해 놓은 통계 프로그램 아이콘이 있었다.

작년에 나온 윈도 95로 인해서 업무 효율이 빠르게 성장하고 있었다. 올해 말쯤이면 연방정부뿐 아니라 일반인들 사이에서도 윈도 95가 널리 사용될 것이 분명하다.

"어디 보자."

아만다는 마우스를 손에 쥐었다.

다트 모양으로 설정해 놓은 아이콘 커서가 빙빙 회전하며 통계 프로그램 위를 서성였다.

"이걸… 누르면."

띠딕.

곧바로 IRS 로고와 함께 프로그램이 시작됐다.

타닥타닥.

아만다는 자신의 사원 번호와 비밀번호를 입력했다. 곧이어 데이터를 연동하겠냐는 메시지가 떴다.

'후……'

아만다는 마우스 위에서 손가락을 흔들었다.

이제 마우스를 클릭하기만 하면 미국의 세무 역사에 새로운 장이 열린다.

까딱까딱… 띠딕.

마우스 클릭을 시작으로 빠르게 변하는 모니터 화면이 아만다의 안경에 비쳤다.

[IRS 전산 브레이크! 초유의 사태!!]

—The New York Times

[미 전역에 드리워진 IRS의 저주]

—USA Today

[죽음도 피해갈 수 없는 IRS? NO!]

—Los Angeles Times

언론은 즉각 움직였다. 한 신문사는 '테러', '멜트다운' 같은 과격한 단어까지 써가며 작금의 사태의 심각성을 토로했다.

IRS의 전산이 다운됐다는 것은 미국을 움직이는 수맥이 차단된 것과 다름없었다.

곧바로 백악관 언론 브리핑이 이어지고, 문제를 바로잡겠다고 공언했다.

하지만 언론과 전문가들은 이번 일의 심각성을 주장하는 것과 동시에 백악관이 사태 파악을 못 하고 있다고 원색적인 비난을 퍼부었다.

물론 그 사이에 엘린은 현호의 계획대로 민주당을 시작으로 공화당과 딜을 했다.

결국 공화당에게 다른 선택은 없었다.

피하고 싶지만, 피할 수 없다면 최소한의 리스크에서 끝내야 했다.

그래서 정작 지금의 사태에 가장 크게 놀란 이들은 PA의 경영진이었다.

그들이 아는 한 엘린의 계획에서 통계 프로그램 해킹은 그저 FBI를 속이기 위한 페이크(가짜)였다.

통계라는 IRS의 프로젝트 중 하나에 프로그램 해킹과 전산 마비라는 거짓 살을 붙인 것밖에 없었다.

PA의 경영진 그 누구도 엘린 가문을 회사에서 쫓아내면서 IRS 전산 마비가 실제로 일어날 거라고 생각한 이는 없었다.

그런데 일은 벌어졌고, 공화당으로의 연락 루트는 얼어붙었다.

그리고 마침내 우려하던 일이 벌어졌다.

공화당에서 PA에 최후통첩을 한 것이다.

*   *   *

IRS 전산 마비 사태 72시간 경과.

노을이 완연히 사라지자 뉴욕 허드슨 밸리 대저택에 고급 차량들이 연이어 들어오고 있었다.

하지만 그 안에서 내린 이들은 하나같이 얼굴이 굳어 있었다.

대저택의 고용인들이 그들을 안으로 안내했다.

화려한 샹들리에 아래 고풍스러운 인테리어로 채워진 로비를 지나자 그들 앞에 주방이 나타났다.

그곳에는 엘린과 상, 하원 의원 여럿이 앉아 있었다.

그 뒤로는 경호원들이 한층 분위기를 잡고 자리를 지키고 있었다.

"오랜만이네요, 알비스!"

엘린 가문을 몰아내고 PA 최고경영자가 된 알비스는 함께 온 경영진과 함께 엘린 앞에 섰다.

"오랜만이네."

"다들 앉으세요."

엘린이 오른손을 활짝 펼치며 알비스에게 자리에 앉을 것을 권했다.

긴 사각 테이블이었다.

알비스와 경영진은 주저하다가 엘린의 오른편에 일렬로 앉았다.

드르륵, 드르륵.

의자를 끌어 앉으며 알비스는 눈앞의 의원들을 바라봤다. 불과 72시간 전만 해도 자신들의 편이던 이들이 지금은 싸늘한 시선으로 자신과 PA의 경영진을 바라보고 있었다.

"자, 어떻게 하면 좋을까요?"

엘린이 알비스를 바라보며, 또한 경영진을 눈에 담으며 물었다.

그녀는 미소와 달리 눈을 부릅뜨고 있었고 그 눈은 이글이글 타오르고 있었다.

"글쎄, 전산은 곧 회복된다고 들었네."

알비스가 말했다.

통계 프로그램 실행을 기점으로 해킹 코드에 감염된 컴퓨터가 쓸모없는 파일을 생성하며 네트워크를 공격한다고 들었다. 그러니 감염된 컴퓨터들만 제거하면 될 일이었다.

"참 쉽네요?"

엘린이 비아냥거림이 섞인 미소를 보였다.

"물론 시간이 걸리긴 하겠지. 하지만 어려울 건 없다고 들었네."

이미 발 빠르게 사태를 주시했던 PA.

일의 원인을 알아야 다음 행동을 예측할 수 있는 법이다.

공격을 당하든 혹은 방어를 하든 일의 원인을 알아야 준비가 가능하기 때문이다.

"뭐, 틀린 말은 아니죠."

"우리 PA에서 전문가들을 최대한 지원……."

알비스는 눈앞의 의원들에게 PA가 도움을 줄 수 있음을 어필하려 했다. 그런데 엘린이 미소와 함께 툭 물었다.

"책임은?"

"책임… 이라니? 엘린, 자네가 오해를 하고 있나 본데."

"허, PA는 책임이 없다?"

"자꾸 무슨 책임을! 이 일은 자네가……."

강한 어조로 어필을 하려던 알비스가 주춤했다. 엘린이 자리에서 일어난 것이다.

그녀는 그대로 옆을 향해 손을 내밀었다. 그러자 고용인이 그녀에게 뚜껑을 개봉한 와인 한 병을 가져다줬다.

주르륵.

엘린은 알비스의 머리 위에서 와인을 기울였다.

그녀의 눈이 너무 싸늘해서 알비스는 피할 생각도 하지 못했다.

"감히 나를 물 먹이고도 무사하기를 바랐나요?"

레드 와인이 알비스의 머리와 얼굴을 타고 흘러내렸다.

뚝뚝.

엘린은 병을 완전히 기울여 안의 내용물을 깨끗이 비워낸 후에 미소를 보였다.

알비스가 턱을 바르르 떨며 그녀를 쳐다봤다.

그러자 그녀가 싸늘한 미소와 함께 입을 열었다.

"THE… END."

　　　　*　　　　*　　　　*

　IRS 전산 마비 사태 이후 일주일이 지났다.

　정부의 빠른 조치로 인해 IRS 전산은 다시 정상으로 돌아왔고, 이제는 피해 규모를 집계하는 데 많은 시간이 소요될 전망이었다.

　이제는 누군가는 책임을 져야 했다.

　책임이 없는 사건은 없다. 천재지변이 일어나도 누군가는 책임을 져야 한다.

　현호의 계획대로 민주당은 엘린의 제안을 받아들였다.

　그들로서는 엘린을 죽이는 최선의 선택지를 쥘 수 없다면 그녀를 받아들이는 차선책이라도 택해야 했다.

　딜이 성사되자 FBI는 제프리의 제보 사실을 언론에 노출했다.

　PA가 IRS 전산 마비 계획을 세우고 있다는 제보를 받았고, FBI가 수사에 착수하려고 준비 중이었다는 사실이다.

　사태가 진정 국면에 들어가자 곧바로 의회의 조사청문회(照査聽聞會)가 이어졌다.

　이미 PA 경영진은 정부와 공화당의 압박에 굴복한 상황이었다. 굴복하지 않으면 자신들뿐 아니라 소중한 가족에게까지 불이익이 뻗을 게 분명했기에 거부할 수 없었다.

　그러니 이제는 모든 상황을 받아들이고 물어뜯길 일만 남은 것이다.

그리고 엘린은 PA가 기꺼이 물어뜯기기를 원했다.

자신이 돌아가야 할 곳이며, 또한 자신의 가문이 일군 기업이지만 그녀는 엘린 가문이 다시 왕좌에 앉기 전에 PA를 너덜너덜하게 만들 작정이었다.

그녀는 아예 PA라는 배를 침몰시키고 새로운 배를 건조할 계획인 듯 보였다.

그사이 언론의 초점 역시도 PA에 쏠렸다.

결론은 쉽게 내려졌다. PA 일부 경영진의 일탈 행위로 결론이 난 것이다.

과거 세금 탈세 혐의로 IRS에 16억 달러를 납부한 PA였기에 이 같은 스토리는 사람들에게 무리 없이 받아들여졌다.

그렇게 디데이를 기점으로 보름이란 시간이 빠르게 지나갔다.

*   *   *

"고맙습니다."

설희는 자신의 코트를 받아준 홀 지배인에게 가벼운 미소를 보였다.

지배인이 물러나자 그녀는 주변 풍경을 눈에 담았다.

허드슨 강의 풍경이 테라스에서 한눈에 보인다. 뉴욕의 빌딩 숲과 더해져 눈을 뗄 수 없는 풍경이었다.

"뉴욕에 살면서도 이렇게 전망이 좋은 식당이 있는 줄은 몰랐는데."

"저도 소개받은 곳이에요."

연신 감탄사를 쏟는 설희의 모습 뒤로 잠시 후 요리가 나오기 시작했다.

신전의 감시에서 벗어난 덕분인지 그녀의 얼굴은 최근 사이 예전의 건강미를 되찾은 모습이었다. 얼굴에 광채가 나고, 피부에 탄력이 돋보였다.

그래서인지 현호는 그녀의 먹는 모습만 보고 있어도 배가 불렀다.

맛있게 먹고, 많이 웃는 모습들을 눈에 담는 지금이 행복하다는 생각이 이어졌다.

"왜 안 먹어요?"

"그냥. 설희 씨 복스럽게 먹는 것 보니까 좋아서요."

"에이, 나 지금 살쪘다고 놀리는 거죠?"

설희가 괜스레 미간을 살짝 찌푸렸다. 물론 입술에는 미소가 사라지지 않았다.

"살이 찌긴, 더 쪄야 돼!"

"훗."

이따금 바람이 불어와 그녀를 스치고 지나갔다.

그때마다 머리끈에서 삐져나온 그녀의 머리카락이 바람과 함께 춤을 췄다.

현호는 그 모습에서 눈을 떼지 못했다.

"아아, 빨리 드시라니까."

그녀가 재촉하자 현호는 와인 한 모금을 마시고 그녀에게 말했다.

"내일 LA로 가야 해요."

"LA요?"

그녀가 물었다. 눈을 크게 뜨고 물으니 왜 이렇게 귀여운 건지.

"훗."

피식 웃는 그의 모습에 그녀도 같이 웃었다.

"FBI가 신전그룹과 관련된 미국 내 자산 일부를 동결했어요. 그중 LA의 별장이 포함됐고요."

"그곳에……."

설희의 얼굴에 미소가 사라졌다. 그녀의 눈동자가 떨리고 있었다. 금세 눈물이라도 흘릴 것 같더니.

현호가 손을 뻗어 그녀에게 냅킨을 건넸다.

"닦아주고 싶은데 너무 멀다, 훗."

눈물을 훔치는 그녀에게 차분히 얘기를 시작했다.

이미 현호는 설희에게 그녀의 모친과 관련된 사실을 알려준 상황이었다. 그리고 신전그룹과 삼현그룹이 왜 그녀를 뉴욕에 묶어두려 했는지에 대해서도 자신이 추측한 바를 얘기했다.

처음 얘기를 했을 때도 설희에게는 한차례 태풍이 지나갔다. 울고, 아파하고, 괴로워했다. 그리고 지금도 잔잔한 바람이 그녀를 흔들고 있었다.

"제주도에서 본 당신은 강한 사람이었어요."

현호는 설희의 눈을 똑바로 보고 말을 이었다.

"그리고 지금도 당신은 강해요. 아니, 더 강해질 수 있어요. 그러니까 더는 울어서도 안 되고, 슬퍼해서도 안 돼요."

그가 혼을 내듯 눈에 힘을 주자 설희는 꾹 입술을 다물고 고개를 끄덕였다.

그제야 현호는 미소를 다시 보였다.

"훗, 울다가 웃으면 큰일 난다는데."

현호는 냅킨을 다시 건네려고 했지만 깨끗한 냅킨이 보이지 않았다. 그래서 안주머니에 손을 넣었다.

어머니는 항상 손수건을 챙겨주시는 분이다. 남자는 언제, 어느 때 손수건이 필요한 순간이 올지 모른다면서.

"어?"

손수건을 꺼낸 그의 손에 종이 한 장이 딸려 나왔다.

"뭐예요?"

설희가 가는 손을 뻗었다.

현호는 그녀에게 손수건과 종이를 동시에 건넸다.

"복권이네?"

그제야 현호가 생각을 떠올리고 웃음을 터뜨렸다.

"하하, 그러네요. 보스턴에 놀러갔다가 한번 샀어요."

담배를 사려다가 구매한 복권이었다. 그때의 상황이 조금 재밌었다.

현호는 담배 때문에 슈퍼마켓에 간 일, 그곳에서 한인 주인을 만난 일, 담배 대신 복권을 산 일, 그리고 강도를 마주친 일까지 얘기했다.

그녀는 얘기에 집중해 듣다가 다시 복권을 바라봤다.

"신기하네."

그녀가 고개를 갸웃거렸다.

"뭐가요?"

"며칠 전에 방송 보니까, 이번에 보스턴에서 당첨자가 나왔다고 그랬거든요. 역대 최고 당첨금이라던데… 아직까지 당첨자가 누구인지는 나타나지 않았고."

"훗, 그런 거 아무나 되나. 난 여태 운으로 뭔가 당첨된 적은 한 번도 없었어요."

"에이, 모르는 거죠."

그녀가 핀잔과 함께 손가방에 복권을 챙겼다.

"버려요, 그냥."

"에에? 왜 버려요? 확인해 봐야지."

"훗."

맑게 웃는 그녀를 바라보던 현호는 살짝 시선을 틀었다.

설희의 뒤로 조금 떨어진 테이블에서 두 여자가 식사를 하고 있었다.

그중 한 여자와 눈이 마주쳤다.

그녀는 선글라스를 쓰고 있었는데, 지금 순간 선글라스를 벗었다.

하얀 얼굴에, 노란색 눈썹의 그녀가 현호를 향해 살짝 미소를 끄덕였다.

*　　　　*　　　　*

LA 카운티 고급 주택단지에 FBI 요원들이 들이닥쳤다.

그들의 표적은 신전그룹 소유의 별장이었다.

이미 오래전부터 비어 있던 집이라 소요 사태는 일어나지 않았다. 그저 관리인이 잠겨 있던 문을 열어주었고, FBI는 관리인에게 법적인 고지를 한 것이 전부였다.

FBI의 점거 며칠 후, 현호는 설희와 함께 별장에 방문했다.

"기억이… 어렴풋이 나요."

별장 입구의 대리석 길을 밟은 순간부터 설희는 긴장한 모습이 역력했다.

그녀의 하얀 목에 떨림이 물들 때마다 현호는 맞잡은 그녀의 손에 조금씩 힘을 주며 용기와 위로를 건넸다.

"잊고 있었어요……. 이런 곳이 있었는지."

대리석 길을 밟은 지 얼마 지나지 않아 오른편엔 정원이, 왼편엔 야외 수영장이 이어졌다.

설희는 수영장에 다가가 살짝 무릎을 굽혀 손끝에 물을 묻혔다. 그녀의 가는 손가락들이 형체 없는 물을 매만지고 있었다.

현호는 그 모습을 보며 그녀가 지금 순간 잃어버린 추억을 찾고 있는지도 모른다는 생각을 했다.

그렇지만 굳이 묻지도 않았고, 그녀 역시도 속삭이지 않았다.

설희가 고개를 들어 수영장 너머를 바라봤다. 그곳에는 유리창이 모두 열려 있는 거실과 그 옆으로 작은 문이 나 있는 주방이 보였다.

주방이든 거실이든 언제든지 내킬 때면 수영장으로 나올 수 있는 구조였다.

정원의 이름 모를 들풀을 스쳐보며 설희가 거실로 향했다.

현호는 그 뒤를 말없이 따라갈 뿐이었다.

또각또각, 구두 굽 소리가 너른 거실에 울려 퍼졌다.

"이 그림, 하… 맞아. 내가 참 좋아했던 그림인데……"

거실에는 대형 액자가 걸려 있었다. 그 안의 그림은 푸른 들녘을 거니는 한 여자의 뒷모습이 그려져 있었다. 바람에 춤추는 들풀이 여자의 손끝을 스치는 모습이었다.

현호는 말없이 설희에게 손수건을 건넸다. 손수건을 받아든 그녀가 눈가를 적신 눈물을 닦아냈다.

처음 현호가 그녀의 모친이 고가구에 숨겼다는 유서에 대해 얘기를 꺼냈을 때, 설희는 얘기를 듣자마자 그 고가구가 어떤 것인지 단박에 알아챘다.

그리고 지금 그녀는 고가구를 찾고 있었다.

오래지 않아 그녀가 방에 놓인 고가구 앞에서 멈췄다.

학다리 장이었는데, 4개의 학다리가 평평한 수납공간과 화장대 거울을 받친 형태의 장이었다.

"이건가요?"

"예."

설희는 학다리 장 앞에서 무릎을 굽혔다. 그러더니 수납공간 하단에 손을 가져갔다.

"가구 바닥에 공간이 있어요. 언젠가 엄마가 말했어요. 나중에 내가 더 크면, 비밀 편지를 여기에다 놓을 거라고… 엄마와 나, 둘만의 비밀 공간이라고."

그녀는 기억도 가물가물한 어린 시절을 이야기하며 짧은

신음과 함께 손에 힘을 줬다. 그러자 드르륵 소리와 함께 바닥 판이 들썩였다.

투둑.

현호는 바닥 판의 흔들림과 함께 아래로 떨어진 것을 주웠다. 그것은 종이와 녹음테이프, 그리고 몇 통의 편지였다.

마침내 찾은 것이다. 긴 세월 동안 감춰져 있던 진실이 드러난 순간이다.

현호는 그것들을 집어 침대에 올려놓고 방을 나왔다.

설희가 마음을 달랠 시간이 필요했기 때문이다.

편지의 내용이 살짝 궁금했지만 괜스레 마음이 복잡해지고 싶지는 않았다. 그저 설희의 흐느낌을 들으며 계단을 내려갈 뿐이었다.

*   *   *

사건에 승자는 없었다.

사건을 무엇이라 칭하기도 힘들었다.

결국에는 대선을 둘러싼 공화당과 민주당의 힘겨루기였을 뿐이다.

PA와 공화당은 FBI를 함정에 빠뜨려서 정치 스캔들로 키우려 시작한 게임이고, 민주당은 정부를 등에 업고 공화당을 누르려 한 게임이었다.

그 안에서 애꿎은 IRS만 희생양이 됐다.

물론 시작은 PA와 공화당의 도발이었고, 그 책임도 PA와 공화당이 상당 부분을 져야 했다. 이겼다면 달라졌겠지만.

다만 민주당은 대통령의 성 추문이라는 희대의 스캔들 앞에서 승자의 여유를 맘껏 부릴 수는 없었다.

조사 청문회는 채찍이고, 재판장이고, 단두대였다.

PA의 경영진은 책임을 물어 전부 물갈이됐고, 그중 다수가 검찰과 플리바게닝(Plea Bargaining)이라는 사전 형량 협상을 시도했다. 또한 이는 이례적으로 비공개로 유지됐다.

이 사건이 공개되면 과거 미국을 뒤흔든 워터게이트 사건에 비할 바가 아니기 때문이다.

IRS 전산 마비라는 희대의 사건 속 진실이 정치 스캔들의 일부분이라는 사실을 사람들이 알게 되면 분명 미국에 태풍이 불어닥칠 것이다.

그러니 모든 진실을 알고 있는 현호의 입장에서는 마치 지금 순간이 태풍의 눈 속에 들어와 있는 기분이었다. 고요하지만 저 멀리의 들녘은 쉴 없이 바람에 나부끼는.

작년(1995년 4월), 비밀문서 해제법이 승인됐으니 아마 25년 뒤인 2020년에나 이 사건의 진실이 밝혀질 것이다.

재밌는 건 이를 승인한 이가 지금의 대통령이라는 점이고,

정확히는 2007년 1월 1일부터 시행된다는 점이다.

"한 가지 묻고 싶은 게 있습니다."

현호의 시선에 엘린은 커피를 마시다가 파란 눈을 깜빡였다. 티끌 하나 보이지 않는 그녀의 눈을 보며 현호는 궁금한 것을 물었다.

"PA의 탈세를 IRS에 제보한 회계사가 올해 초, 화재 사고로 사망했다는데 엘린 당신과 관련 있는 일입니까?"

"그게 중요한가요?"

물론 중요하지 않다. 현호가 관련이 돼 있는 일도 아니고, 설사 그 일에 엘린이 관여돼 있다 한들, 비난할 이유도 입장도 아니었다.

"내가 시킨 일이라면 나를 비난할 생각인가요?"

엘린이 묘한 미소를 보이며 물었다.

이 상황이 재밌기라도 한 걸까.

"아니요."

현호는 천천히 고개를 가로젓고, 커피 잔을 향해 손을 뻗으며 말했다.

"타인은 진실을 모르는 법입니다. 회계사가 어떤 사람인지도 모르고, PA의 내부 사정도 나는 모릅니다. 그리고 엘린 당신이 어떤 사람인지도 잘 모릅니다. 그러니 회계사가 한 행동이 옳았다고 단정할 생각도 없고, 당신들의 탈세를 비난할 생각도 없습니다."

"마음에 드는 얘기네요."

혼잣말을 속삭이며 엘린은 립스틱 자국이 묻은 커피 잔을 내려놓고 다시 현호를 바라봤다.

"그 회계사, 도박 빚이 있었어요."

"빚?"

"IRS에 탈세 제보를 하면 IRS가 이를 통해 확보한 추가 세수(稅收)의 15퍼센트에서 최대 30퍼센트의 포상금을 받게 되죠. 우리가 IRS과 합의한 금액이 16억 달러예요. 포상금이 못해도 2억 달러죠. 뭐, 탈세를 한 거야 PA가 잘했다는 건 아니지만, 그렇다고 'PA'만 잘못한 건 아니잖아요?"

엘린이 의뭉스러운 미소를 띠고 현호를 바라봤다. 그리고 다시 말했다.

"재밌는 건 PA의 해외 탈세 사이클을 완성한 이가 바로 그 회계사였어요."

현호로서는 생각하지 못한 얘기가 이어졌다. 물론 그 일까지 생각해 본 적도 없지만.

"…재밌네요."

눈으로 보이는 모든 것이 진실일 수는 없다. 그저 거짓이 보이지 않을 뿐이다.

그리고 거짓이 드러나기 전까지는 보이는 것이 진실의 자리에 있을 뿐이다.

"한국에 돌아간다고요?"

"예. 이제 가야죠. 덕분에 재밌는 여행이었습니다."

이번 일로 인해 예상보다 체류 기간이 길어졌다.

그 사이 뉴욕은 5월이 지나고 6월이 찾아왔다.

이 때문에 특무부 발령 시기도 조금 늦춰야 했지만 설희의 일이 남았으니 한국에 돌아가면 바로 움직일 생각이었다.

이미 한국에서는 강태강을 비롯해 찬대미 집행부가 움직이고 있었다.

"아, 여기."

현호는 테이블에 봉투를 하나 내려놓고 그녀에게 건넸다.

300만 달러의 수표가 든 봉투였다.

지난번 벨리스에 투자한 돈을 엘린에게 융통했었다.

내용물을 확인한 엘린이 피식 웃으며 고개를 가로저었다.

"잊고 있었네요."

그 말과 함께 그녀가 다시 봉투를 현호에게 돌려줬다.

"하지만 이건 필요 없어요. 굳이 말하면 선물이었다고 해두죠."

잠시 테이블을 바라보던 현호는 고개를 끄덕이고 다시 봉투를 챙겼다.

"그렇게 얘기하면 굳이 사양하지 않겠습니다."

"정말 당신은 운이 좋다고 해야 할지, 아니면… 괴물이라고 해야 할지. 훗."

엘린의 붉은 입술에는 미소가, 눈가에는 그림자가 새겨졌다.

그녀는 커피 잔 옆에 놓인 영수증을 챙기고 자리에서 일어났다. 이어 자신을 빤히 쳐다보는 현호에게 다가와 귓속말을 속삭였다.

"제대로 답을 못 드렸네요……. 회계사는 나와는 상관없는 일입니다. 왜냐하면 나는 그를 죽일 생각이 없었어요. 아주, 아주 오랫동안 괴롭힐 생각이었거든요."

뒤돌아선 그녀가 멀어져 가자 현호는 커피를 마저 마시며 뉴욕에서의 순간순간들을 훑어봤다.

처음에는 이 특별한 능력에 두려움을 느꼈다.

모든 순간을 머리에 담고 그 순간들을 현실과 다름없이 만지고, 느끼고, 걸을 수 있다는 것.

어쩌면 망각하지 못하는 자의 벌일지도 모른다는 생각을 했었다.

머지않아 머리가 터져 나가고 미쳐 버릴지도 모르겠다는 두려움도 있었다.

하지만 지금에 와서 돌이켜 보면 이 능력으로 인해서 현호는 많은 고비를 넘겨왔고, 거침없이 행동할 수 있었다.

실수를 할 때면 혹은 결정의 순간이라면 이 능력이 어김없이 필요했다.

지금이야 단계의 의미가 무의미해졌지만 최근에는 기억을 돌아보는 것보다는 순간의 부조화를 찾아내는 3단계 능력에 더 의존하는 편이었다.

만약 이 능력이 없었다면 지금 이렇듯 여유 있게 커피나 마시고 있을 수는 없었을 것이다.

현호는 한국에 돌아가면 자신의 능력에 대해서 좀 더 숙고해 봐야겠다는 생각을 하며 커피를 마저 음미했다.

'하…… 이만 가볼까.'

흔적만 남은 커피 잔을 내려놓은 현호는 옷깃을 털고 일어났다.

하지만 기껏 일어선 그는 바로 떠날 수가 없었다.

눈앞에 FBI 뉴욕 지부장 릭 카터가 다가오고 있었다.

"언제부터 여기 있었습니까?"

현호는 다시 자리에 앉으며 다가온 그에게 물었다.

이상한 일이다. 카터의 기척을 느끼지 못했다.

"얘기할 시간 좀 있습니까?"

카터가 물었다.

서 있는 그의 모습에 현호는 방금 전까지 엘린이 앉아 있던 자리를 가리켰다.

그가 앉자 현호가 바로 되물었다.

"무슨 얘기입니까?"

"신기한 일입니다. 당신에게 향하던 칼이 갑자기 방향을 바꿨어요. 더구나 엘린이 다시 PA의 주인이 됐고."

카터가 이런 의문을 갖는 것은 당연했다.

현호는 그에게 상황을 얘기하지 않았다. 성 추문은 그가 알아야 될 필요가 없었고, 이 일에서 더 이상 그는 도움이 되지 못했기 때문이다.

하지만 현호는 자신에게 그나마 호의적으로 대해주었던 카터에게 약간의 진실을 오픈하기로 했다. 물론 눈에 보이는 진실일 뿐이지만.

"시치미를 떼지는 않겠습니다. 당신이 모르는 상황의 변화가 있었고, 거래가 있었습니다. 지금은 그것밖에는 말해 드릴게 없습니다."

"흠……."

카터가 턱을 매만지며 테이블 위를 손가락으로 두드렸다.

뭔가를 생각해 내려는 듯 골똘히 있다가 힐끗 현호를 쳐다봤다.

"…지금 상황에서 반전을 노렸다면, 혹시 그건가요?"

의미심장한 시선이 마주친 순간, 현호는 어쩜 이 남자가 뭔가를 알고 있을지도 모르겠다는 생각이 들었다.

그리고 예상대로 카터는 말했다.

"내년에 일어날 대통령의 성 추문 사건?"

달그락.

빈 커피 잔을 매만지던 현호의 손길이 어긋났다.

'알고 있었던 건가?'

민주당과 정부가 FBI에 오픈한 걸까.

아니면 FBI가 기존에 그와 관련한 정보를 가지고 있었던 걸까.

둘 다 가능성은 있는 얘기였다.

미국의 정보기관이야 세계에 맹위를 떨치는 곳 아닌가.

물론 이번에는 삽질 좀 했지만.

"역시 FBI 네요."

현호가 FBI의 정보력에 고개를 끄덕여 인정하려는 찰나, 카터가 말을 이었다.

"내가 어떻게 알았다고 생각합니까?"

"글쎄요. FBI가 알고 있다면 지금에 와 그게 무슨 소용인가요."

"아니요. 저를 제외한 FBI는 모르는 사실입니다."

"…뭐라고요?"

현호는 미간을 찌푸렸다. 지금 카터의 말은 진실이다.

'설마?!'

그리고 카터는 현호의 지금 생각에 쐐기를 박았다.

"제가 생각하기로는 미국에서, 아니, 이 지구에서 내년에 그 일이 일어날 거라는 걸 아는 사람은… 당신과 나, 둘뿐이죠."

전율과 소름.

현호는 등줄기에 고인 감정의 휩싸임 속에서 이마에 땀이 송골송골 맺히는 감각을 느꼈다.

잠시 생각할 시간이 필요했다.

그래서 미간을 찌푸려 순간의 기억 속으로 들어갔다.

혹여나 카터도 같은 능력이 있을까 싶었지만 모든 것이 멈춘 이 순간, 카터 역시도 테라스에 있는 다른 손님들처럼 움직임을 멈췄다.

'대체 어떻게……'

믿을 수가 없는 일이다. 그게 가능하다고?

물론 현호 자신에게는 이미 당연한 일이다.

세상에서 오직 자신에게만 가능한 일이었다고 생각한 적은 없지만 어쩌면 자연스럽게 받아들인 것 자체가 욕심이었는지도 모른다.

당황스럽다.

좀처럼 흔들리지 않던 현호였지만 회귀 이후 가장 큰 혼란에 빠져 있었다.

마치 칠흑의 어둠에 집어삼켜진 기분이었다.

'하……'

카터가 회귀자라는 말은 진실이다. 그건 현호의 능력이 확인해 주고 있었다.

'정리, 정리가 필요해.'

현호의 이맛살은 생각이 깊어질수록 다채로운 형태로 변해갔다.

'그럼 언제지?'

이 사람은 언제 죽었을까. 자신과 같은 2016년일까.

아니면 그 전인가, 후인가.

이 사람은 그럼 얼마나 많은 미래를 알고 있는 걸까.

어떤 능력이 있는 것이고, 어떤 미래를 그리고 있는 걸까.

'그럼… 회귀자는 나와 이 사람뿐일까?'

더 많은, 숨죽이고 있는, 혹은 활약하고 있는 또 다른 회귀자들이 존재할지도 모른다는 생각이 스치자 새로운 의문이 들었다.

'왜 이 사실을 나한테 얘기한 거지?'

잠시 혼란이 지나가고 감정이 추슬러지자 현호는 찌푸린 미간을 풀며 순간의 기억 속에서 빠져나왔다.

"그것이 당신의 능력인가요?"

움직임이 풀린 카터가 바로 물었다. 이번에는 현호 역시 당황하지 않고 되물었다.

"당신도 이런 능력이 있는 겁니까?"

"아니요. 나는 그런 게 없습니다. 그저 남들보다 감각이 예민할 뿐입니다. 지금 순간도 당신이 잠시 사라졌다가 다시 나타난 기분이랄까……. 사실 조금 부럽군요."

현호가 여태 봐온 카터는 진중한 사람이었다. 그렇지만 지금만큼은 살짝 가벼운 느낌이 든다.

어쩌면 현호를 찾아온 순간부터 카터의 생각에 균열이 생겼는지도 모른다.

"나에 대해서는 어떻게 안 겁니까?"

"어떻게 알았냐기보다는 어떻게 눈치를 챘냐가 맞을 겁니다. FBI는 한국에서부터 당신을 감시했지만 내가 확신한 것은 당신이 뉴욕에 온 첫날, 엘린에게 향한 총구를 알아챘을 때, 그때 확신했습니다."

"그럼 그때 그 일은 나를 테스트하기 위함이었습니까?"

"반반입니다. FBI는 엘린과 당신이 빠르게 관계를 이어갈 필요가 있었고, 이를 유도하기 위한 방편이었습니다."

카터는 그 말을 하고 나서 카페 직원에게 커피를 부탁했다.

커피가 도착하자 그는 한 모금을 천천히 음미했다. 그리고는 얼굴 가득 커피 향을 묻힌 채 속삭였다.

"사실 나는 오랫동안 궁금했습니다."

"뭐가 말입니까?"

"신은 왜 내게 이런 삶을 주신 걸까. 아니, 나는 또 다른 신이 된 걸까?"

"신?"

"나는 의미가 있다고 생각을 했습니다. 내가 신처럼 환생을 했으니까. 그럼 내게 인류를 구원하라는 걸까? 더 나은 이 세계의 미래를 위해서?"

후루룩.

카터는 한 모금을 신중히 삼키고 긴 한숨을 뱉었다.

"하지만 곧 깨달았습니다. 나는 신이 아니라는 것을……. 내게는 아무런 능력이 없었으니까. 신과 같은 능력이 내게는 없었습니다. 바다를 가를 수도, 빵 한 조각에 많은 이를 먹여 살릴 수도 없습니다. 그렇다고 미래를 안다 한들 내가 당장 할 수 있는 것도 없었습니다. 알고 있는 미래가 선명한 것도 아니고… 인간은 망각의 동물이니까."

현호는 카터의 얘기를 들으며 타인의 고해성사를 듣는 기분이었다. 자신과 달리 카터는 아무런 능력도 개화(開化)되지 않은 듯했다.

그것은 무슨 차이일까.

"이전 삶에서 나는 FBI 건물에서 일하는 청소부였습니다."

"그런데 지금은 FBI 요원이군요."

"맞습니다. 하지만 그뿐입니다. 나는 내 한계를 잘 알았기에 내가 할 수 있고, 이익을 얻을 수 있는 행동만을 해왔습니다.

신이 내게 어떤 말을 하는지를 듣기 위해서 노력은 했지만 그 뿐이었습니다. 그러다 문득 그런 생각을 했습니다."

"어떤… 생각을?"

"내게 지켜보라는 것은 아닐까?"

"예?"

"지옥으로 치닫는 인류의 내리막을 지켜보라는 건가."

현호는 잠시 카터의 흥분된 얼굴을 바라봤다.

'종교… 인가?'

현호 자신은 무교다. 그렇기에 저런 깊은 생각은 해본 적도 없고, 회귀라는 상황을 두고 고뇌에 빠진 적도 없었다. 그런데 카터는 다른 모양이었다.

"그 깨달음을 얻은 이후, 나는 최대한 타인의 눈에 띄지 않고 나만의 자리를 지키면서, 찾고 있었습니다."

"뭘 찾았다는 말입니까?"

"나와 같은 자."

"…그래서 찾은 게 나라는 말입니까?"

카터는 커피를 다시 음미하고 피식 웃었다.

"사실은 찾을 수가 없었습니다. FBI의 정보망으로 최대한 노력해 봤지만……. 후, 그렇지만 나는 신이 내게 그런 임무를 주었다면, 또 다른 그러나 나와는 다른 특별한 능력을 준 인물을 보냈을 거라고 확신했습니다. 그리고 놀랍게도 신은 내

앞에 당신을 데려다 준겁니다. 하······."

카터는 파르르 숨을 토했다. 그는 벅찬 감정에 휩싸여 있었다.

반면 현호는 그와 얘기를 하면서 점점 지쳐가고 있었다.

왠지 맥이 풀리는 느낌이었다. 이는 그냥 종교의 어긋난 믿음 같아보였다. 독실한 신자 그 이상일지도 모른다.

만약 카터가 회귀자가 아니었다면 현호는 진즉에 일어났을 것이다.

"그래서 내게 찾아와 굳이 당신에 대해 말한 이유는 뭡니까? 나와 함께하기 위해서?"

"노! 아닙니다. 말했듯이 내 임무는 지켜보는 거니까 그저 당신을 만나보고 싶었을 뿐입니다. 단 한 번일지라도······. 내가 이 순간을 얼마나 기다렸는지··· 당신은 모를 겁니다."

더 이상의 얘기는 무의미해 보였다.

현호는 일어나기 전 마지막으로 물었다.

"확실히 우리 말고는 없는 겁니까?"

"최소한 내가 알기로는 없습니다."

그것은 말 그대로 최소한일 뿐이다.

"그동안 여러모로 고마웠습니다."

현호는 카터를 지나쳐 카페테라스를 벗어나려 했다. 그러다가 문득 걸음을 멈추고 다시 물었다.

"이전의 당신은 언제 죽었습니까?"

"2025년입니다."

그 순간 현호의 이마가 무너져 내렸다. 카터는 그 모습을 눈여겨보면서 감탄사를 뱉었다.

"그래서 더욱 영광입니다. 신이 나와 함께 보내준 이가 당신 이었다니……."

카터를 바라보는 현호의 눈동자가 흔들렸다.

지금 순간 의식이 송두리째 날아간 기분이었다.

"당신… 이었다고?"

현호의 넋 나간 모습에 카터가 피식 웃었다.

그러다가 갑자기 그 웃음을 멈추고 자리에서 벌떡 일어나며 외쳤다.

"이럴 수가!!"

마주 본 카터의 눈이 바르르 떨리더니 턱을 덜덜 떨며 기이한 웃음을 보였다.

"미스터 차 당신은… 그전에 죽은 거군요?"

"…그리고 당신이 있던 2025년에는 내가 살아 있었다는 겁니까?"

"하… 하… 하하하!!"

카터의 웃음이 너무 기괴해서 테라스에서 차를 마시던 사람들의 시선이 두 사람을 돌아봤다.

"그럼 미스터 차 당신은 자신이 앞으로 어떤 삶을 살지, 앞으로 뭐가 될지 모른다는 건가? 하하……."

현호는 지금 카터가 회귀자라는 사실을 안 순간보다 더욱 당황스러워하고 있었다.

2016년에 죽은 자신과 2025년에 죽은 카터.

그런데 카터의 2025년에는 현호가 살아 있었다.

*　　　　*　　　　*

"택시."

카페를 나온 현호는 무작정 택시에 올라탔다.

설희에게 향하면서도 카터에 대한 생각이 달라붙어 찝찝함 그 자체였다.

카터라는 존재의 등장은 그만큼 현호를 뒤흔들었다.

마치 자아가 송두리째 뽑힌 느낌이었다.

현호는 카터의 마지막 얘기를 떠올리며 눈을 감았다.

"미스터 차, 당신이 회귀자라는 사실을 알았을 때 나는 전율했습니다. 당신이었다니, 미스터 차 당신이었다니……. 하긴, 그제야 모두 이해가 갔지. 한국에서 당신을 감시하던 요원들이 당신에게 이상한 걸 느꼈다고 보고했을 때도 나는 당연하다고 생각했으니까. 회귀자란 걸 몰랐어도 당신의 삶은 위대했으니까. 그런 위대한 자의 삶은 당연히 특별하니까. 아니지… 그럼 뭐야? 당신이 그런 삶을 산다는 것은 다시 태어났기 때문인가? 그런 나는 방관자로 남으면 안 되는 건가? 신이 내 앞에 당신을 보낸 것은 내게 또 다른 임무를 주신 건가? 오 마이 갓……."

카터는 미쳐 있었다. 그는 현호를 앞에 두고 쉼 없이 혼잣말을 속삭이더니 의자에 다시 앉아 이리저리 눈동자를 흔들어대며 생각과 추론 속에서 헤매기 시작했다.

미치지 않고서는 불가능한 행동이었다. 하지만 현호는 그의 행동을 어느 정도 이해할 수는 있었다.

종교라는 관점에서 봤을 때, 그는 영생이 아닌 환생을 했다.

카터의 시점에서는 스스로를 신과 동일시할 수도 있었다.

하지만 그에게는 능력이 없었고 그는 자신의 현재를 방관자라는 형태로 해석했다.

해석의 끝이 어딘지는 모르겠지만 어찌 됐든 현호는 카터에게 능력이 없다는 것을 천만다행으로 여겨야 했다.

만약 카터가 능력까지 있었다면 어떤 일을 벌였을지 모르는 일이었다.

반면 현호는 이상이 아닌 현실에 기반을 둔 목표를 가지고 있었다. 또 그 목표를 이루기 위해 행동과 생각을 이어가며 움직였다.

그로 말미암아 미래의 변화를 거부했고 그는 스스로를 절제할 수가 있었다.

하지만 카터는 다르다.

카터는 지금 방관자라는 스스로가 부여한 임무 때문에 절제를 하고 있지만 만약 자신이 신 혹은 신을 보좌하는 임무를 가졌다고 하면 절제가 아닌 폭주를 택할지도 모른다. 지금처럼 빗장이 풀리는 것이다.

현호는 그 생각에 소름이 돋아서 카터를 뒤로하고 서둘러 카페를 빠져나왔다.

*   *   *

송승국이 머무는 호텔에 도착했을 때, 현호는 택시에서 내리며 카터에 대한 생각을 밀어냈다.

마침 호텔 로비에서 송승국과 화보 촬영 스태프들이 우르르 나오고 있었다.

"여!"

송승국이 현호를 알아보고 손을 흔들었다. 그러자 그의 곁에 있던 사진작가가 고개를 갸우뚱했다.

"모델이 한 명 더 있었어요?"

그 말에 송승국이 웃음을 터뜨렸다.

"작가님도 참, 제 친구입니다."

"우와……. 되게 분위기 있으시다."

사진작가는 현호를 바라본 시선에 감탄사를 터뜨렸다.

그도 그런 것이 지금 현호에게서는 팽팽해진 긴장과 고뇌에 빠진 남성의 차분함이 숨 막힐 정도로 가득 맴돌고 있었다.

"설희는?"

현호는 자신을 넋 놓고 바라보는 사진작가와 스태프들을 뒤로하고 송승국에게 물었다.

"아, 손님이 와서."

"손님?"

현호의 이마가 찌푸려지자 송승국이 머뭇거리며 대답했다.

"론다 윤이라고 알아? 설희 씨도 아는 사람이라고 하더라. 그래서 같이 있게 했는데… 무슨 문제 있어?"

"아니야, 잘했어."

현호는 미소와 함께 송승국의 어깨를 툭툭 두드리고 엘리베이터로 향했다.

"우와, 승국 씨한테 꿀리지 않는 사람은 처음 보네."

사진작가는 자신의 관자놀이를 꾹꾹 누르며 말했다. 그녀는 특출한 모델을 보면 머리가 저려오는 예민한 감각이 있었고, 또 그 감각은 대부분 들어맞는 편이었다.

"뭐 하는 사람이야?"

"괴물."

송승국이 그 말과 함께 로비를 빠져나갔다.

현호는 멀어지는 송승국의 뒷모습을 힐끗 쳐다보며 엘리베이터에 탔다. 그리고 설희가 묵고 있는 층에서 내려 룸에 들어간 때였다.

"설희 씨?"

현호는 고개를 두리번거리며 룸을 살폈다. 침실에 발을 들이고서야 론다 윤과 설희를 볼 수 있었다.

그녀들은 침대에 걸터앉아 넋을 잃은 채로 그를 돌아봤다.

"뭐야?"

재차 물어도 그녀들은 대답이 없었다. 뭐에 그리 놀랐는지 그를 빤히 바라만 봤다.

"설희 씨, 진짜 살 많이 쪘어요?"

현호가 농담과 함께 설희에게 ·다가갔다. 그녀의 고운 얼굴이 왜 이렇게 놀랐는지 살펴보니, 그녀들이 걸터앉은 침대에 신문이 놓여 있는 게 보였다.

현호는 벗은 코트를 옷걸이에 걸며 다시 물었다.

"나 잘생긴 거 아는데 그만 좀 봅시다. 훗."

이번에는 냉장고에서 위스키 병을 꺼내는데, 갑자기 론다 윤이 다가와 위스키 병을 낚아채더니 뚜껑을 열고 한 모금을 벌컥 마셨다.

"하……."

번들거리는 입술을 닦으며 론다 윤이 막힌 숨을 토했다.

그런데 더 웃긴 건 설희도 똑같이 성큼성큼 다가왔고 론다 윤이 그녀에게 위스키 병을 건네자 대번에 한 모금을 벌컥 마신 것이다.

"이 아가씨들, 오늘 왜 이런데?"

영문을 몰라서 현호가 고개를 갸웃거리자 론다 윤과 설희가 다시금 침대로 다가갔다.

그 모습을 보며 눈을 기울이던 현호는 문득 생각이 떠올라서 코트를 뒤적여 수표가 든 봉투를 꺼냈다.

"엘린이 300만 달러를 받지 않겠다고 하네요, 선물이라고. 그러니 수표는 다시 론다 윤에게 돌려드릴게요."

"지금 300만 달러가 문제가 아녜요."

"예?"

론다 윤이 신문을 현호 앞에 내밀었다. 그 옆에서 설희도 뭔가를 내밀었다. 복권이었다.

현호는 두 여자의 모습에 잠시 당황하다가 고개를 가로저었다.

"에이, 설마……."

"어서요, 으응?!"

설희가 눈을 크게 뜨고 복권의 숫자를 확인해 보라며 다시 내밀었다.

그제야 현호는 복권과 신문을 번갈아 봤다.

"설마… 이게 맞을 리가……."

일치하는 여섯 개의 숫자.

당첨 확률 8천만 분의 1.

상금이…….

현호가 고개를 들어 설희를 바라봤다. 그녀가 흥분한 얼굴로 말했다.

"4천… 8백억 원이요."

*　　　*　　　*

세 사람은 흥분 속에서 위스키를 나눠 마셨다.

5억 달러, 한화로 4천 8백억 원.

다섯 개의 숫자와 파워볼 숫자 한 개를 맞춰야 하는 게임. 그 결과 이번 당첨자는 한 명.

당첨자는 차현호.

"운도 이런 운은 처음 보네요."

론다 윤이 고개를 절레절레 흔들었다.

그녀는 현호에게 자신은 운을 믿는 사람이라는 얘기를 한 적이 있다. 그래서 현호가 운을 가졌는지 궁금하다고 했던 사람이었다.

사실 론다 윤은 현호가 이번 정치 스캔들에서 살아남은 것을 두고 그 자체가 대운이라고 생각했었다.

그런데 이런 운까지 가지고 있다니.

"당신은 진짜……."

"저도 많이 놀랍네요."

현호는 그 말을 속삭이며 자리에서 일어났다.

위스키를 이기지 못하고 설희가 꾸벅꾸벅 졸고 있었다. 그녀를 조심히 품에 안아 침대에 옮겼다.

"으흠, 현호 씨……."

감긴 눈으로 속삭이는 그녀의 볼에 짧은 입맞춤을 하고 침실을 빠져나왔다.

그를 향해 론다 윤이 미소와 함께 속삭였다.

"왠지 내가 기분이 좋아서 많이 마셨네요."

"그런가요? 그래도 많이 취한 게 아니었으면 좋겠습니다."

"예?"

현호는 벽에 거치된 수납장에 손을 기대며 그녀를 바라봤다. 그런데 여태의 미소 어린 얼굴이 아니었다.

"물어볼 게 있거든요."

"뭐… 죠?"

론다 윤은 분위기가 바뀌었다는 것을 바로 감지했다.

그리고 로비스트인 그녀가 이정도 위스키에 취할 리도 없었다. 현호 역시도 잘 알고 있으니 분위기를 바꿔 얘기를 꺼내는 것이다.

"엘린은 나를 희생양으로 삼으려고 했습니다. 위기를 벗어나기 위해 그녀와 손을 잡았지만 결코 그냥 넘어갈 생각은 없습니다."

론다 윤이 잠시 생각 속에서 고개를 끄덕였다.

"당신, 무서운 사람이네요."

"받은 건 돌려줘야죠."

현호는 한마디로 엘린에게 작업을 당한 것이나 다름없었다. 자신뿐 아니라 민대호까지 엮여서 세트로 수렁에 빠질 뻔했다.

물론 엘린의 계획은 결국에는 현호에게 가로막혔을 것이다. 하지만 그것이 중요한 게 아니다.

감히 엘린이, 그리고 눈앞의 론다 윤이 자신을 물 먹이려 했다는 사실이 중요하다.

"그럼 나도 피해갈 수 없겠네요."

론다 윤이 낮은 목소리를 속삭였다. 찌푸린 현호의 시선이 닿자 그녀가 다시 말했다.

"그래서 묻고 싶은 게 뭐죠?"

"그때 날… 왜 도와줬습니까?"

지난번 론다 윤은 현호에게 힌트를 줬었다. 그 힌트 덕분에 더 늦지 않게 상황을 깨달은 현호였다.

"글쎄요. 나도 모르겠네요."

론다 윤은 크리스털 잔에 담긴 위스키를 목 넘기고 다시 현호를 바라봤다. 현호는 말했다.

"당신에 대해서 생각을 좀 했습니다."

"그래서요?"

"함께… 하죠."

현호의 말에 론다 윤의 눈썹이 흔들렸다.

"그게 무슨……."

"당신이 한국에서 추진하고 있는 국방 사업은 성공할 겁니다. 하지만 그 여파는 피할 수 없습니다."

"피할 수가 없다고요?"

"내가 막아드리죠. 완벽하진 않겠지만, 구속까지는 가지 않을 겁니다."

"성공은 하는데 다친다… 하지만 당신이 나를 도움으로써 조금만 다친다?"

론다 윤의 명료한 정리에 현호는 고개를 끄덕였다. 그녀가 다시 물었다.

"그럼 당신이 나한테 바라는 건 뭐죠?"

"PA에 계속 있으세요. 필요할 때 서로 돕는 겁니다."

"당신의 찬대미처럼? 당신의 부하가 되라는 건가요?"

그녀의 질문에 현호는 고개를 끄덕이는 대신, 잠시 한숨을 고루 내쉬고 물었다.

"찬대미에 구호가 있는 걸 압니까?"

"구호요?"

"우리는 동등하다, 우리는 함께한다, 우리는 멈추지 않는다, 우리가 대한민국의 힘이다."

"동등… 하다……."

"예, 동등합니다. 당신이 하기 싫으면 싫은 겁니다."

생각을 마친 론다 윤이 고개를 끄덕였다. 그러자 현호는 론다 윤에게 가까이 다가가 귓가에서 속삭였다.

"하나 더 묻죠. PA는 청부 살인도 합니까?"

흔들리는 론다 윤의 눈을 본 현호는 대답을 듣지 않고 이어 말했다.

"그럼 얘길 꺼내기는 쉽겠네요. FBI 뉴욕 지부장, 릭 카터, 일주일 후."

현호의 얘기를 들은 론다 윤은 이내 자신의 옷을 주섬주섬 챙겨 룸을 빠져나갔다.

그녀는 청부 살인에 대해 침묵했고, 현호도 카터를 죽여 달라는 말을 직접적으론 하지 않았다. 그저 무거운 침묵만이 론다 윤과 함께 룸을 빠져나갔을 뿐이다.

홀로 남은 현호는 크리스털 잔에 위스키를 채우고 소파에 앉았다.

혼란이 가시고 적막이 내려왔다. 침실에서 설희의 새근새근 숨소리가 들려온다.

"후……"

뉴욕에서의 마지막 밤이 지나가고 있었다.

32장

작별

게이트를 통과한 현호의 눈에 번쩍 치켜든 손이 보였다.

"어!"

인파 속에서 강태강이 손을 흔들며 환히 웃고 있었다.

"강설희는?"

"뉴욕에 있어요."

설희는 당분간 미국에 그대로 있을 예정이다.

현호는 해야 할 일이 있었고, 함께 들어온들 그녀를 곁에서 챙길 여유가 없을 것 같아 결정한 일이었다.

탁.

트렁크에 짐을 싣고, 현호가 차에 오르자 강태강은 지체 없이 김포공항을 빠져나왔다.

피곤한지 눈을 꾹꾹 누르는 현호를 향해 자양 강장제를 건넸다.

"자기 몸은 자기가 알아서 챙기는 거야."

"하……. 피곤하네요."

현호는 강장제를 받아들며 한숨을 내쉬었다. 마음 같아서는 집으로 돌아가 바로 눈을 붙이고 싶었지만 지금은 부지런히 움직여야 할 때였다.

"그럼 유서가 인정될 가능성이 있다는 얘기인가요?"

운전에 집중한 강태강을 돌아보고 현호가 물었다.

"그렇다던데? 윤태영이나 방호식이나 같은 결론이야. 10년이 훌쩍 지난 일이지만 유서의 작성 시기가 아닌 발견 시점으로 봐야 한다는 거지."

강설희가 모친의 삼현호텔 지분을 상속받기 위해서는 결국에는 법정으로 갈 수 밖에 없는 일이다.

삼현그룹이 순순히 예, 알겠습니다, 할 거라고 생각하면 큰 오산이다.

"그럼 삼현그룹은 유서의 작성 시기를 주장하겠군요."

단언하건데 이 싸움은 치열해질 공산이 크다.

"그렇겠지."

"유서 자체는 문제가 없어요. 자필에다가 인적 사항까지 모두 적혀 있으니까."

준비물은 제대로 갖췄다.

강설희의 모친은 신중했고, 또 철저했다.

현호는 그녀를 직접 본 적은 없지만 지금으로서는 존경심이 느껴질 정도였다.

그녀는 신전그룹 강성환 회장과 자신의 집안을 정확히 통찰했고 홀로 남겨질 딸을 위해서 훗날을 도모했다.

문득 현호는 그녀가 이런 순간을 떠올렸을까 상상해 봤다.

하지만 이내 그 같은 상상을 지웠다.

현호의 이전 삶에서 강설희는 안타깝게도 스스로 생을 마감한다.

그녀는 모친의 유서가 존재하는지조차 몰랐을 테고 유서는 학다리 장 아래에 영영 감춰져 있었을 것이다.

"삼현그룹의 움직임은 어때요?"

"아직은 유서에 대해 모르니까 조용하지. 강설희가 사라진 이유도 모르고 있고……. 하지만 기사가 터지면 조용히 있을 수가 없겠지."

강태강이 손가락으로 핸들을 두드리며 향후 상황을 예측했다.

'흠.'

현호는 이제 선택을 해야 했다.

이 싸움을 크게 벌려야 할지, 아니면 가능한 방법으로 타협을 해야 할지.

물론 그전에 앞서 강설희를 도와주는 이유에 대해서는 충분히 고민했다.

강설희를 돕기 위해서는 신전그룹과 삼현그룹, 두 거대 기업을 상대해야만 한다.

이를 위해서는 현호가 할 수 있는 모든 카드를 아낌없이 꺼내 써야 할 필요가 있었다.

그나마 다행이라면 지난 화안기업의 건과는 많은 부분이 다르다는 점이다.

이번에는 가진 카드가 많았다.

다만 그 카드를 내고 이길 수 있느냐의 문제만 남았으며, 어떻게든 이겨야만 한다.

만일 이기지 못하면 강설희를 도왔다는 이유로 찬대미 자체가 곤경에 처할 수 있다.

그렇지만 그녀를 도와 이긴다면, 이미 현호가 등에 업은 화안기업뿐 아니라 삼현그룹까지도 등에 업을 수가 있게 된다.

'난형난제(難兄難弟)인가……'

리스크와 보상을 고려했을 때, 어느 쪽이 났다고 볼 수 없다.

아니면 강설희를 외면해야 할까.

그럴 수는 없다.

이만한 카드를 버리게 되면 또 언제 이런 판에 낄지 예측할 수 없다.

신전그룹과 삼현그룹을 코너에 몰아넣을 수 있는 기회는 그렇게 쉽게 찾아오지 않을 것이다.

'후…….'

선택의 망설임 속에, 현호는 잠시 눈을 감았다.

*   *   *

"이게 누구야?"

오랜만에 보는 강남 큰손 박거성의 얼굴이었다.

현호는 가볍게 인사를 하고 그와 마주 앉았다.

"왜 이렇게 늦었어?"

어린아이가 투정부리듯 묻는 박거성의 모습에 현호는 피식 웃으며 들고 온 선물을 건넸다.

면세점에서 구입한 술이었다.

"빈손으로 오기 뭐해서요."

씩 웃는 현호의 모습에 박거성이 끌끌 웃으며 다리를 꼬고 소파에 등을 기댔다.

"미국에서 뭔 일이 있었던 거야?"

많은 일이 있었다.

어디서부터 어디까지 얘기를 해야 할지 가늠할 수 없을 만큼 복잡하고 정신없는 일들이었다.

"나중에 천천히 말씀드릴게요. 그보다 들어올 때 보니까 새로운 사람이 많던데요?"

입구에서부터 처음 보는 인원이 넘쳐 났다. 마치 열 명이 찰 공간에 스무 명이 들어온 것처럼 사람들로 북적거리고 있었다.

"그럴 만한 일이 있었다."

박거성은 현호가 한국에 없는 사이 벌어진 일에 대한 얘기를 꺼냈다.

명동 큰손 노진만을 쳤다는 것이다.

"넌 신경 쓸 거 없어."

쳤다는 의미가 정확히는 어떤 과정인지는 알 순 없지만 어찌 됐든 노진만의 세력을 박거성이 흡수한 것은 분명했다.

"아무튼 그것 때문에 지금 여기가 시장통이 됐지 뭐야. 크크."

아무래도 노진만의 수하를 상당수 받아들인 모양인데, 이는 조금 위험한 판단일 수 있다.

새로운 인물들을 들인다는 것은 견고한 성에 균열이 갈 수도 있는 일이다.

'박거성도 모르지는 않겠지.'

현호는 굳이 그 부분에 나서 얘기를 꺼내지는 않았다. 주제넘게 비칠 수 있었다.

아무리 서로를 이용하는 사이가 될지언정, 서로를 미워하는 사이가 될 필요는 없었다.

현호로서도 어느 정도 박거성을 인정해 주고 받들어줄 필요가 있었다.

단지 마음에 걸리는 것은 왜 노진만을 쳤을까, 하는 것이다.

'그때 그 일인가?'

지난번 노진만과 명우식은 현호를 두고 장난을 친 적이 있었다.

그래서 현호는 미국에 다녀온 뒤에 그 일에 대해서 한번 숙고해 볼 생각이었다.

그러니 어쩌면 박거성이 노진만을 친 이유가 그 때문인지도 모르겠다.

"근데 네놈은 타향 갔다 오면 부모님부터 찾아봬야지, 나한테 바로 온 거야?"

박거성은 말투와 달리 기분이 나빠 보이지는 않았다.

"안 왔으면 삐지실 거면서."

"허! 이놈 봐라? 크하하!!"

잠시 뒤 똑똑, 노크 소리와 함께 처음 본 여자가 들어왔다.

"누구예요?"

"비서! 으이구, 사내놈들만 있으니까 이게 커피를 타는 건지, 맹물을 가져오는지 알 수가 없지 모냐. 그래서 내가 이번에 노진만 꼬맹이들 처리하면서 경리로 쓰려고 데려왔어."

"아⋯⋯."

"서로 인사들 해."

현호는 커피 잔을 테이블에 내려놓고 허리를 펴는 경리를 바라봤다. 롱 티셔츠에 편한 청바지 차림이다.

"명동에서 명우식 사장 밑에서 일했던 김 양이라고 합니다. 이름은 김희연이고요."

그녀가 먼저 인사와 함께 말문을 열었다. 현호도 바로 일어나 악수를 청했다.

"저는 차현호라고 합니다. 잘 부탁드립니다."

"오히려 제가 할 말인걸요. 앞으로 잘 부탁드려요."

짧은 악수 뒤에 그녀가 뒤돌아 나갔다.

"어때? 싹싹해 보이지?"

"알아서 하세요."

이번에도 현호는 그 말만 하고 자리에 앉았다.

"짜식, 싹퉁머리 없게. 사람을 소개해 줬으면 일언반구가 있어야 할 거 아니야? 예쁘다던가, 똑똑해 보인다던가."

"제가 싫다고 하면 안 들이실 거예요?"

"암! 그렇고말고."

"아이고, 영광입니다."

현호가 넉살 좋게 웃어넘겼다.

박거성도 한참을 웃은 뒤에 잔잔히 현호를 바라봤다.

"말해봐. 또 뭣 때문에 그렇게 심각한데?"

지난날, 긴 시간을 들여 현호를 지켜본 박거성이다. 녀석의 표정 변화를 눈치챌 만큼 관심을 가져 버렸다.

현호 역시 부인하지 않고 상체를 숙여 깍지 낀 손을 무릎에 올리고 잠시 눈앞의 커피 잔을 내려다봤다.

하얗게 핀 수증기가 그의 얼굴 위로 피어올랐다.

"삼현그룹… 어떤 곳인가요?"

"거긴 왜?"

박거성이 되물었다. 하지만 얼굴을 보니 이미 현호가 얘기를 꺼낸 이유를 예상한 듯했다.

"위험할까요?"

"위험하지. 삼현그룹이 움직이면 나라가 흔들려. 윗분들이 결코 좌시하지 않을 거야."

"그렇군요."

고개를 끄덕이는 것과 달리 현호의 표정은 그다지 변하지 않았다.

그걸 예상하지 못했겠는가.

지금이나 미래나 삼현그룹이 무너지면 나라가 무너진다는

얘기는 서민들이 하는 심심찮은 얘깃거리 중 하나였다.

"아서라. 그건 건들게 못 돼."

박거성도 이번만은 확고했다.

아무리 차현호가 보통 놈이 아니라고는 해도 정도라는 게 있는 것이다.

삼현그룹이라니…… . 계란으로 바위 치기다.

"그래도 하겠다면요?"

현호가 재차 물었다. 묵직한 시선에 미간이 살짝 찌푸려져 있다.

녀석이 이런 표정을 지을 때면 꼭 사달이 나도 날 터였다.

"뭐가 그리 급해? 화안기업, 잊었어?"

박거성은 혀를 차고 나서 커피를 마셨다. 후루룩, 커피를 마시고는 뜨거워진 입김을 내쉬고 말했다.

"화안기업처럼 건들기만 하는 거라면… 아니다, 삼현 박 회장은 화안의 김 회장이랑 비교할 상대가 아니야. 그 양반 호랑이다!"

"호랑이든, 뭐든 결국에는 포수가 잡는 법입니다."

"너 뭐 믿고 그러냐? 이번에는 뭔데? 아니면 열 받아서 또 그냥이야?"

"훗."

현호는 고개를 가로젓고 커피를 마셨다.

따뜻한 커피가 혀에 닿고 목을 타고 넘어갔다.

"삼현그룹 주인이 바뀔 수 있는 일입니다."

"뭐? 주인이 바뀌어?"

커피를 마시던 박 거성이 눈썹을 꿈틀거렸다.

주름진 눈두덩에 숨은 시선이 날카롭게 빛난다.

"그게 무슨 말이야?"

"하……."

현호는 긴 한숨 뒤에 얘기를 꺼냈다.

이는 지금만은 박거성을 믿기 때문에 할 수 있는 얘기였다.

삼현그룹에 대해 언급했을 때, 박거성은 불가능이라고 단언하면서도 현호의 얘기에 집중했다.

또 박거성의 말과 행동은 한발 물러서고는 있었지만 그 안에서 삼현그룹과의 연관성이 보이진 않았다.

모든 얘기를 듣고 났을 때, 박거성의 얼굴은 잔뜩 고양돼 있었다.

입술은 가득 모아져 있었고, 눈은 부릅뜨고 있었다.

주름진 얼굴이 잔뜩 구겨져 있는 모습에 현호는 그가 입을 열 때까지 커피를 마저 마셨다.

"미치겠구먼."

한참 뒤에야 그가 입을 열었다.

고개를 휘휘 저으며 다 마신 커피 잔을 입에 물더니 후, 후, 빨아들이는 소리만 뱉었다. 그러더니,

"김 양아! 커피 좀 더 가져 와라!"

그러자 김 양이 커피를 타 왔다. 그녀는 센스 있게 현호에게도 다시 가져다주냐고 물었지만 현호는 고개를 가로저었다.

후루룩.

박거성이 커피를 순식간에 비워냈다.

"그럼 뭘 얻을 수 있는데?"

박거성이 물었다. 삼현그룹의 집안싸움에 나서서 어떤 이득이 있냐는 것이다.

"최소한 우리가 서 있는 위치가 달라질 겁니다."

박거성도 잘 알고 있을 것이다.

이 일이 위험한 만큼 이 같은 기회가 또 오지는 않는다.

"강설희라는 애가 널 버리면? 기껏 회장 자리까지 올려놨는데 버리면 어쩔 거야?"

"그건……."

현호는 대답을 망설였다. 그러자 박거성이 혀를 끌끌 찼다.

사람 마음 갈대라느니, 여자 하나에 인생 버리는 놈 많이 봤다느니…….

하지만 이어진 현호의 말에 박거성은 말을 멈추고 눈을 동그랗게 떴다.

"전 그 사람에게서 한발 물러날 생각입니다."

"뭐?"

"40여 곳이 넘는 계열사를 움직일 사람입니다. 저 같은 사람이 곁에 있으면 안 돼요."

현호의 눈에 씁쓸함이 묻어났다.

박거성은 잠시 그 눈을 보다가 손에서 만지작거리던 빈 커피 잔을 테이블에 내려놓았다.

"허……. 사람 마음이 그리 쉽게 정리가 안 돼."

좀 전에는 강설희가 떠나면 어떻게 하냐고 핀잔한 박거성이지만 진심은 아니었다.

더구나 차현호 같은 놈을 떠날 여자가 어디 있겠는가.

한번 손잡기가 어려워서 그렇지, 손만 잡으면 끊기 힘든 게 인연이다.

악연도 인연이라는 말이 괜히 나오겠는가.

"그 아이도 아냐?"

현호는 대답 대신에 고개를 가로저었다.

*   *   *

"금치산자(禁治産者)?"

현호는 고개를 틀어 윤태영을 돌아봤다.

올해로 법대 4년생인 그의 입에서 나온 단어에 저도 모르게 얼굴이 찌푸려졌다.

윤태영이 그 마음을 어르듯 얘기를 덧붙였다.

"최악의 가능성도 생각해야지."

"…그렇죠."

수긍할 수밖에 없는 얘기다.

강설희는 한국에 있을 당시 우울증 치료도 받은데다가 미국에서도 수면제 처방을 위해서 진료를 받은 기록이 있다.

삼현그룹이 눈뜬장님이 아닌 이상, 그 정도 반격이 들어올 가능성은 염두에 두고 있어야 한다.

"이거 쉽게 끝날 거 아니야. 1심에서 이긴다 한들, 항소 들어올 테고 거기에 대법원까지 갈 생각하면… 족히 수년이야. 그뿐이냐, 소송비용은 어떻게 할 건데?"

소가 시작되면 어찌 됐든 소를 제기한 이가 비용을 처리해야 한다. 강설희가 상속받을 삼현호텔 지분에 비례한 소송비용이 필요하다.

이렇듯 아무리 유언장이라는 증거가 있다 한들, 현실은 결코 녹록지 않은 법이다.

하지만 현호에게 비용은 더 이상 문제가 아니었다.

더는 돈에 얽매이는 몸도 아니다.

"소에 들어가면 우리도 최고의 드림팀을 구상하겠지만 저들도 결코 만만치 않을 거야."

윤태영은 충분히 생각과 고민을 거친 뒤 말했다.

이쪽에서 공격이 들어가면 삼현그룹은 그룹 차원에서 총력전을 벌일 것이다.

그러니 현호의 입장에서도 여러 가지 경우의 수를 생각해 둬야 했다.

예측 가능한 변수뿐 아니라, 예측이 불가능한 변수가 나올 가능성도 고려해야 했다.

또한 종국에 가 소송에 이겨서 강설희가 삼현호텔 지분을 차지한다 해도, 그녀가 그룹의 주인이 될 수 있는 가능성도 사실 위태롭다.

경영권 확보를 둘러싼 소송이 또 이어질 것이다.

차라리 그것만이라면 다행이지, 삼현그룹 측이 최악의 경우 지주회사를 옮기는 강수를 둘 수도 있었다.

강설희가 기껏 삼현호텔 지분을 차지해도 지주회사가 바뀌면 아무짝에도 쓸모가 없어진다.

물론 그렇게 되면 삼현호텔 계열사 간에 대규모 지분 이동이 예상되는 만큼, 그 틈에 특무부가 나서서 브레이크를 걸수는 있겠지만 그 과정도 결코 순탄치만은 않을 것이다.

"결국에는 시간……."

윤태영의 말처럼 긴 싸움이 될 것이다.

계절이 바뀌고 해가 바뀌어도 쉽게 끝나지 않을 게임이다.

그럼에도 할 것이냐 물으면 설희는 그렇게 말할 것이다.

'당신이 곁에 있어준다면.'

이미 현호는 그녀에게 너무 가까이 다가갔다. 그녀의 생각과 행동이 예측될 만큼 그녀를 알아버렸다.

"현호야."

"예."

윤태영이 다시 부르자 현호는 생각으로 인해 무거워진 고개를 들었다. 윤태영을 비롯해 찬대미 집행부의 시선이 모두 그에게 쏠려 있었다.

한국대 의대생 김춘삼, 고련대 경제학도 최강한, 성강대 철학과 민철식, 고련대 법대생 윤태영, 센터대 정치국제학과 김구운, 그리고 방호식.

물론 다들 지금의 사안을 충분히 이해하고 있었다.

지금까지 자신들이 걸어온 길이 있었기에 무조건 불가능이라고 여기지도 않았다.

하지만 삼현그룹은 화안기업과 비교할 대상이 아니다. 굳이 비교하자면 보잉747 여객기와 소형 비행기의 수준이다.

거듭 생각해 봐도 잘못하면 이 일은 찬대미의 존속 자체에 영향을 끼칠 수도 있었다.

이쪽에서 강설희의 사연으로 언론 플레이를 시작한다면 저들은 가만히 있겠는가.

그녀의 뒤에 있는 찬대미를 겨냥할 것이라는 건 불을 보듯 뻔한 수순이다. 그 때문에 현호를 제외한 이 자리에 모인 집행부 6명은 3대3으로 의견이 갈렸다.

하자는 쪽과 중단해야 한다는 쪽.

그렇다면 결정은 현호와 이 자리에 없는 최혜담에게 달렸다.

하지만 현호는 이 일을 제안한 자이기에 표를 행사할 수는 없었다.

그렇다면 남은 건 최혜담인데, 현호는 미국에서 한국으로 돌아오기 전에 그녀에게 설희와 관련된 사실을 알리면서 판단과 고민 뒤에 결정해 줄 것을 요청했었다.

그리고 지금 김구운이 그녀와 통화를 끝내고 테이블로 오고 있었다.

스윽.

방석을 끌어 앉은 그에게 모두의 시선이 쏠렸다.

그가 말했다.

"혜담이는 찬성이야."

결정은 내려졌다.

반대를 했던 이들도 다른 의견 없이 바로 고개를 끄덕였다.

현호는 이제 이들에게 강설희 모친의 유서를 보여줄 차례였다.

테이블 위에 세월이 묻은 봉투가 올라왔다.

장갑을 낀 현호가 그 안에서 조심스럽게 유서를 꺼냈다.

굳이 모든 내용을 읽어볼 필요는 없었다.

핵심적인 내용을 짚으면 된다.

강설희 모친이 자신이 보유한 삼현호텔의 지분 17퍼센트를 강설희에게 물려준다는 내용이다.

이미 작고한 외할아버지(삼현그룹 선대 회장)에게 삼현호텔 지분 7퍼센트를 물려받은 강설희.

현재 22퍼센트의 삼현호텔 지분을 가지고 있는 삼현그룹 박인하 회장.

그러니 강설희가 모친의 지분을 상속받게 된다면 24퍼센트로 박인하 회장을 앞서서 삼현호텔 최대 주주가 된다.

"필체는 확인했어?"

김춘삼이 매섭게 눈을 뜨고 묻자 현호는 바로 고개를 끄덕였다.

"예, 확인했습니다."

현호는 강태강을 통해서 생전 강설희 모친이 남긴 메모와 서류 몇 가지를 확보할 수 있었다.

강설희 모친이 살아생전 잠시간 갤러리를 운영했던 만큼 자료 확보에 큰 어려움은 없었다.

"하지만……."

윤태영이 말꼬리를 흐렸다.

때마침, 드르륵 소리와 함께 미닫이 방문이 열렸다.

그곳에는 mbs 기자 윤아리가 서 있었다.

"어서 와요."

"오랜만에 보네요."

윤아리는 미소와 함께 성큼 안으로 들어왔다.

그녀는 자리에 앉자마자 바로 가방을 열어 원고를 꺼냈다.

"기사 초안이에요."

[단독] 신전그룹의 딸 강설희, 미국에서 안 오는 것인가, 못 오는 것인가.

현재 신전그룹의 강설희는 미국에 거주하고 있다. 92년 봄, 유학을 떠난 그녀는 현재까지도 미국에서 거주하고 있으며 한국에 들어오지 않고 있다. 언뜻 재벌가 자제의 유학으로 비칠 수 있지만 일각에서는 그녀가 안 오는 것이 아닌, 못 오는 것이라는 의견이 제시되고 있다. 이는 강설희가 신전그룹과 삼현그룹의 딸이라는 교집합 요소를 가지고 있기 때문인데, 이미 증권가에는 오래전부터 강설희가 삼현그룹의 지주회사인 삼현호텔의 최대 주주가 될 가능성을 대두해 왔다. 이를 확인하기 위해 본 기자는 오래전 작고한 강설희의 모친이 남겼다는 유언장의 실체를 확인할 필요가 있었다. 그 결과…….

기사라기보다는 사설에 가까운 내용이었다.

"사실 화끈하게 기사를 썼는데 까였어요."

윤아리가 이마를 긁적이며 무안한 미소를 보였다.

"아무래도 기사 나가면 삼현그룹뿐 아니라 신전그룹 광고까지 떨어져 나갈 테니까. 그래서 사설 형식으로…….."

그녀는 눈치를 보며 말꼬리를 흐렸다.

자리에 둘러앉아 있는 모두의 표정들이 무거웠다.

잠시 뒤 현호가 불편한 침묵을 깼다.

"기사는 곧 나갈 겁니다."

"예?"

얘기를 이해하지 못한 듯 윤아리가 눈을 끔뻑였다.

"기사는 곧 나간다고요."

이번에는 집행부의 시선이 쏠렸다. 현호는 계속 얘기했다.

"대기하고 있었어요. 집행부의 승인이 떨어지면 바로 기사가 나갈 수 있게 끔이요."

만약 집행부의 승인이 떨어지지 않았다면 현호는 다른 선택을 했을지도 모른다.

"어디 신문사인데?"

최강한이 물었다. 현호는 쓴 미소와 함께 말했다.

"외신."

*　　　　*　　　　*

—강성환 회장과 박인하 회장에 대해서 밀착 감시가 이어질 겁니다.

"고맙습니다."

—아닙니다. 제가 도움이 됐다니 다행입니다.

"또 연락하겠습니다."

현호는 전화를 끊었다. 좀 전의 통화는 FBI 요원 릭 카터였다.

뉴욕에서의 마지막 밤, 현호는 론다 윤에게 릭 카터에 대한 청부 살인을 부탁했다.

이는 선택의 여지가 없는 일이었다.

현호는 카터의 등장에 생각이 복잡한 상태였고, 예기치 못한 변수를 감당할 자신이 없었다.

그 때문에 론다 윤에게 그 같은 무리한 부탁을 요구했다.

그녀에게 함께하자 제안을 하고 동등하다는 달콤한 말로 꼬드겨 살인을 청부한 것이다.

성급했으며, 못나고 치졸한 행동이었다.

그렇게 위스키 한 모금을 머금으며 론다 윤이 떠난 자리를 지켜보던 중에 생각이 달라졌다.

'릭 카터를 안고 가자.'

카터에게 현호는 신이란 존재, 그리고 환생 그 자체였다.

카터는 방관자라고 생각했던 자신의 임무 앞에 현호가 등장하자 스스로에게 또 다른 의미를 부여하느라 혼란에 빠졌다.

그 결과 그는 기꺼이 사도(使徒)가 되기를 원했다.

현호는 그날 밤 론다 윤을 다시 찾아가 청부 살인에 대한 애기는 잊으라고 말했고, 카터를 만났다.

카페에서의 카터는 혼란에 빠져 있었지만 혼란이 가신 뒤의 카터는 다시금 본연의 모습으로 현호를 맞이했다.

하지만 카페에서 했던 애기와 모습들이 카터의 본 모습임은 분명했다. 심지어 그는 무릎까지 꿇고 현호를 맞이했을 정도였다.

물론 아직은 카터를 신뢰할 수는 없었다. 그 이념이 언제 또 바뀔지 알 수 없으니까.

카터는 그만큼 현호에게 있어 불안 요소였다.

신중히 좀 더 지켜보며 쓰임새를 가늠해 봐야 했다.

"하……."

공중전화 부스에서 나온 현호는 놀이터로 향했다.

집 근처의 놀이터는 아카시아 향이 물씬 피어오르고 있었다. 현호는 빈 그네에 앉아 어두운 밤의 가로등 불빛이 만든 그림자를 바라봤다.

'그 사람, 지금 뭐 하고 있을까.'

지금 시간이 오후 10시.

뉴욕은 이제 아침이 밝아올 시간이다.

카터는 벌써 출근한 모양이지만 설희는 아마 푹신한 침대에 기대 잠에 빠져 있을지 모르겠다.

물론 현호는 당장에라도 그녀를 볼 수 있었다.

기억 속으로 들어가 생생한 그녀를 마주 보고 만질 수도 있었다.

하지만 그러고 싶지는 않았다.

그녀라는 존재는 살아 있고, 또 존재한다.

굳이 기억이 만든 모조품에 만족하고 싶지는 않았다.

그저 지금의 마음을 아끼고 아껴서…….

'이러면 안 되는데.'

현호는 생각을 멈추고 고개를 가로저었다.

그녀와는 곧 헤어질 생각이다. 정확히는 그녀의 곁에서 멀어질 생각이다.

그가 바라보는 목적지는 아직도 많은 길을 걸어야 했고, 그길을 설희의 손을 잡고 소풍 가듯 갈 수는 없었다.

차라리 그녀 앞에 모친의 유서가 등장하지 않았다면 함께 갈 수 있었을지 모른다.

하지만 그녀에게는 이제 해야 할 일이 생겼고, 그것에 대해 그녀도 잘 알고 있을 것이다.

끼익, 끼익.

오래된 그네는 이제 현호의 체중을 견디기 버거운 듯했다. 아니면 이곳저곳에 녹이 슬었는지도 모른다.

아마 시간이 지나면 이 그네도 사라지거나 교체될 것이다.

왠지 현호는 그 사실을 견디기가 힘들었다.

현호는 그네에서 일어났다.

어른이 아이들의 놀이기구를 망가뜨려서는 안 되니까.

혹 고장 난 건 아닌가 싶어, 괜스레 능력까지 써서 확인하는 기이한 행동을 하고서야 놀이터를 빠져나왔다.

그리고 얼마 걷지 않아 경사진 곳에 위치한 수많은 집 사이로 현호는 자신이 돌아가야 할 곳을 볼 수 있었다.

아버지가 있고, 어머니가 있고, 미숙이가 있는 곳.

현호는 그리운 그곳으로 발길을 돌렸다.

*　　　*　　　*

"오빠, 아침 먹… 엄마야!"

방문을 벌컥 열고 들어온 미숙이가 침대에 앉아 있는 현호의 모습에 놀라 경기를 일으켰다. 그가 가부좌를 틀고 있었기 때문이다.

"뭐 하는 짓이야?"

미숙이가 찌푸린 얼굴과 함께 가슴을 쓸어내리자 현호는 감고 있던 눈꺼풀을 들었다.

"사색."

"사색 좋아하네. 밥 먹어!"

"배 안 고프다, 말씀드려라."

"나와서 얘기해!"

문을 닫고 나가는 미숙이의 모습에 현호는 입맛을 쩝 다셨다.

'용돈 괜히 줬네.'

침대에서 몸을 일으킨 그는 깍지 낀 손을 높이 들어 기지개를 펴 몸의 긴장을 풀고 방문 손잡이를 잡았다.

"현호야!"

"지금 나가요."

주방으로 가니 식탁에 아버지와 어머니, 그리고 미숙이가 둘러앉아 있었다.

"피곤하지? 밥 먹고 더 자."

어머니가 밥과 국을 식탁에 올렸다.

현호는 군소리 없이 앉아 수저를 들었다.

"와, 국물 시원하네."

국을 한 수저 뜬 현호가 감탄사를 뱉었다.

어머니가 그런 그를 안쓰러운 얼굴로 바라봤다.

"미국에서 밥은 제대로 먹었어?"

"그럼요. 사먹기도 하고 호텔 식사도 있고."

"한국 사람이 밥을 먹어야지. 호텔 식사라고 해봐야 고기나 빵 아니야?"

아버지는 생각만 해도 속이 거북한지 이마를 찌푸렸다.

반면 미숙이는 부모님의 반응이 유난스럽다는 반응이다.

"난 양식 맛있기만 하더라. 나도 미국 보내줘."

"미국 같은 소리 하네. 너 대학은 갈 수 있는 거냐?"

아버지가 식탁에 수저를 땅땅, 두드리자 미숙이의 입술이 삐죽 나왔다.

올해 수능을 앞둔 그녀다.

성적이 나쁜 편은 아니었지만 집에서는 천덕꾸러기 신세를 벗어나지 못했다.

현호로 인해 부모님의 기대치가 너무 높아져 버렸으니 어쩔 수 없는 노릇이었다.

그렇다고 부모님이 그녀에게 대학을 종용하는 것은 아니다. 굳이 집어 말하자면 큰 기대가 없다고 봐야 했다.

"됐으니까, 나는 내가 알아서 할 거야. 등록금이나 챙겨주셔!"

"등록금 주는 거야 문제없는데, 그 돈 땅 파서 나오는 거 아니다. 집안 형편 어려운 애들은 밤을 새워가며 아르바이트해서 대학 다닌다."

현호는 반찬을 집어 먹으며 동생에 가벼운 충고를 했다.

물론 미숙이의 시선이 바로 날아들었지만 틀린 말은 아니다.

현호 자신도 이전 삶에서는 막노동, 접시 닦이, 냉동 창고 알바 등등 안 해본 게 없었다.

종로에서 학원을 다닐 때도 틈마다 아르바이트를 하면서 하루하루를 버텼을 정도다.

"나도 알거든? 장학금 받으며 다닐 거야."

"그래라."

"치."

미숙이의 시선이 조금 누그러들자 어머니가 그녀의 등짝을 툭 치며 말했다.

"이참에 오빠한테 좀 가르쳐 달라고 해."

"아파!"

투덜대는 미숙이의 모습을 눈에 담으며 현호는 아침밥을 마저 해치웠다.

어제 그는 귀국과 동시에 박거성에 이어 찬대미 집행부와 만남을 가졌다.

최종적으로는 강설희를 돕기로 결정했지만 방향은 현호가 정하고 결정해야만 했다.

그 때문에 밤사이 잠을 이루지 못하고 고뇌에 빠졌다.

어떻게 해야 빠른 시일 내 최소한의 대미지만으로 설희를 삼현그룹에 입성시킬 수 있을까를 두고 여러 아이디어와 경우의 수를 따졌다.

"잘 먹었습니다."

아침 식사가 끝나고, 집에는 등교한 미숙이를 제외하고 현호와 부모님이 남았다.

"아버지."

"왜?"

현호는 안방 문을 열고 고개를 기웃거렸다.

출근 준비를 하고 계신 아버지를 볼 수 있었다.

"요즘 일은 어떠세요?"

현호는 안방 침대에 걸터앉으며 아버지를 바라봤다.

"뭐, 정신없지."

현호의 아버지는 신사동 상가 재건축에 상당한 자금을 쏟아부었다.

사채업자 노진만에게 끌어다 쓴 돈이 5억에, 은행 대출과 여기저기 끌어온 것까지 하면 10억이 훌쩍 넘는 돈이다.

투자자들도 제법 끼고 있었기에 실질적으로 이 일이 잘못되면 아버지는 수십억의 빚더미에 오를 게 자명한 일이었다.

그럼에도 아버지는 도전을 했다.

가족을 위해서라는 명분도 있겠지만, 어디 그뿐일까.

아버지는 현실에 안주하지 않고 자신의 인생에 도전을 한 것이다.

일이 잘못되면 가족에게도 피해가 오는 만큼 긍정적인 측면만 볼 수는 없었다.

하지만 어찌 됐든 아버지 스스로 할 수 있다는 결론이 있었기에 일을 추진하는 것이니 현호도 더 고민하지 않고 아버지를 지원키로 결정했다.

물론 전면에 나설 수는 없는 노릇이고, 최소한의 도움만이다.

무엇보다 현호는 부모님이 감당할 수 있는 아들의 모습만 보여주고 싶었다.

능력을 알릴 생각도 없거니와, 굳이 인맥에 대해서 알릴 생각도 없었다. 때가 되면, 시기가 오면, 그때 가서 필요한 부분만 보일 생각이다.

"아버지… 새로운 파트너라는 분은 어때요? 도움이 돼요?"

"강 사장?"

"예."

"이리저리 인맥이 많은 사람이더라. 꽤 도움이 되는 게 사실이야. 물론 그 양반도 여기에다 투자를 했으니 절실한 부분도 있고……. 어쨌든 그 나이에 대단한 양반이지."

"흠, 그렇구나."

아버지가 말하는 강 사장은 강태강을 의미하는 것이다.

현호는 강태강에게 아버지의 파트너가 돼 달라고 했다.

어려울 것은 없었다. 아버지의 직원이 되라는 게 아니라 그저 투자를 하고 사업 파트너가 된 것뿐이다.

그 때문에 현호는 박거성에게 받은 5억을 강태강에게 건넸고, 그중 4억을 아버지의 사업에 투자하고 1억을 강태강 개인의 활동비로 쓰라고 했다.

"아버지 일은 걱정 말고 너는 네 일만 신경 써. 특무부는 언제 가는 거야? 내 아는 사람들도 거기가 대단한 곳이라고 말이 많더라."

"이달 말에 발령 나요."

"그래? 그럼 뭐야, 그 탈세 조사하는 과?"

"조사과요? 아니요, 저는 징수과."

"징수라……. 남의 돈 가져오는 게 쉬운 일이 아닌데."

"그게 어디 남의 돈인가요. 몰래 꽁꽁 감춰둔 나라 세금이지."

"허허, 나는 탈세 같은 건 꿈도 못 꾸겠다. 아들 무서워서."

"하세요. 안 걸리면 되지."

현호는 아버지의 미소를 눈에 담은 뒤 방을 나왔다.

전부터 생각한 대로 조만간에 가족과 여행을 다녀올 계획이다.

슬슬 분가 준비를 해야 하는 만큼 그전에 부모님에게 좋은 추억을 남기고 싶었다.

'독립이라…….'

여러모로 고려해 봐도 따로 거주하는 게 활동하기가 좋은 게 사실이다.

하지만 현호는 부모님이 서운하실 것 같아 쉽게 말을 꺼내지 못하고 얘기할 기회만 보고 있었다.

"어머니, 저 나갔다 올게요. 저녁에 올 거예요."

집을 나온 현호는 본격적으로 움직이기에 앞서 잠시 걸음을 늦췄다. 그는 동네를 벗어나 사람이 많은 곳으로 향했다.

바삐 걷는 수많은 사람, 그 속에서 현호는 자신의 심장 소리를 귀에 새기고 있었다.

두근두근.

카터가 회귀자라는 사실을 안 이후부터다.

한국으로 돌아오는 비행기를 탔을 때도, 김포공항을 벗어났을 때도, 또 박거성과 찬대미 집행부를 만났을 때도.

현호는 사람들 틈에 또 다른 회귀자가 있을지도 모른다는 상념에 사로잡혀야 했다.

그만큼 카터라는 존재는 현호의 삶에 변화를 가져오고 있었다. 그건 마치 티 하나 없던 도자기에 생긴 흠과 같았다.

툭.

문득 걸음을 멈춘 현호는 땅으로 향해 있던 고개를 들어 주위를 살폈다.

어느 틈엔가 발길 한 번 준 적 없던 이름 모를 뒷골목을 배

회하고 있었다.

이렇게까지 넋을 잃고 생각에 빠진 적은 처음이었다.

현호는 다시 걸음을 내디디려다가 그대로 멈추고 뒤를 돌아봤다.

불법 주차한 차들이 골목 곳곳에 보였다.

그중 가까운 거리에 있는 고급 세단을 향해 그는 발길을 돌렸다.

터벅터벅.

그러자 고급 세단의 운전석 문이 열리더니 누군가가 차에서 내렸다.

문을 닫고 옷의 단추를 여미는 남자.

현호는 그를 대번에 알아볼 수 있었다.

"양 비서……."

현호의 얼굴에 잠시 동안 들썩임이 일었다. 그건 마치 살가죽이 뒤틀리는 모습이었다.

"오랜만입니다."

양 비서는 정중히 인사를 했지만, 현호에게 다가갈 수는 없었다.

한 치의 미동도 없는 현호의 몸에서 알 수 없는 기운이 활활 타오르고 있었다. 한 발자국이라도 다가가면 물어뜯길 것 같은 두려움이 앞섰다.

"여긴 왜 온 겁니까?"

현호가 어금니를 씰룩거리며 물었다.

'꿀꺽!'

양 비서는 바싹 마른 입술을 깨물고 마른침을 삼켰다.

지난번 그는 차현호에게 불시의 기습을 당했다. 아니, 언젠가 한번쯤은 그런 날이 올 거라고 생각했었다.

지난날 교통사고를 가장해 차현호를 습격한 일은 한순간의 실수였다. 계속 후회했고, 찝찝했다.

그래서 차라리 몸으로 때워 다행이라고 여겼을 정도다.

'6년인가……'

강산이 두어 번 바뀌었다지만 겨우 6년이다.

하지만 그 6년 만에 마주한 소년은 양 비서의 상상과는 많이 달랐다.

외모는 그때보다 한층 견고해졌고, 원숙미뿐 아니라 시선에서 느껴지는 압도적인 기세는 그때보다 수 배, 수십 배 성장했음을 드러내고 있었다.

그것이 인격이든 혹은 지식이든 차현호는 양 비서가 함부로 범접할 수 없는 존재가 돼 있었다.

"왜… 이렇게까지 신전과 인연을 이으려는 겁니까?"

양 비서는 여전히 주춤하면서 그 이유를 물었다.

이번에도 현호는 얼굴을 찌푸리더니, 양 비서를 향해 성큼

다가왔다.

저벅, 저벅.

서로가 마주한 시선.

양 비서의 두려움이 눈동자에 꿈틀거렸다. 현호는 그 두려움을 파내려는 듯이 미간을 찌푸리며 말했다.

"당신들이 더러운 짓을 할 때마다 마치 내 몸이 갈기갈기 찢겨지는 기분이야."

자동차 폭발의 화염이 온몸에 달라붙어 살을 녹이고 뼈를 태웠던 그 순간처럼.

"양 비서 당신이… 그 기분을 압니까?"

결코 모를 것이다.

"회장님은 진우 도련님을 잃었습니다. 그런데 이제는 영애님까지 잃을 처지에 놓여 있습니다."

"그게 나 때문이라는 말입니까!"

격분한 현호의 목소리가 골목에 쩌렁쩌렁 울렸다.

그 순간 양 비서는 뒤로 주춤 물러났다. 자신을 노려보는 현호의 눈동자에 실핏줄이 터졌다.

'정상이… 정상이 아니야.'

양 비서의 등줄기에 소름이 흘러내렸다.

과거 제주도에서도 이런 기분을 느꼈던 적이 있다.

이 소년, 차현호에게서 문득문득 소름 끼치는 시선과 기분을 느꼈었다.

이유를 알 수 없는 분노였다. 혹은 어디로 튈지 모르는 불길이다.

지금 그 불길이 펄펄 끓는 용암이 되어 양 비서를 집어삼키려 하고 있었다.

그때였다.

철컥.

좀 전의 차 문이 열리는 소리가 다시 들렸다. 양 비서가 내린 차에서 또 다른 남자가 내렸다.

"양 비서님, 제가 얘기하죠."

현호는 이번에도 그가 누군지 알 수 있었다.

삼현그룹 박인하 회장의 아들이자 후계자인 박태용.

*   *   *

"좀 걷죠."

먼저 입을 연 박태용이 현호를 지나 한걸음 내디뎠다.

박태용은 입고 있는 여름옷과 달리 무거운 분위기를 가지고 있었다.

현호는 잠시 그의 뒷모습을 바라보다가 뒤를 따라갔다.

6월의 날씨는 선선하다.

미국에 가기 전만 해도 봄바람이 심심찮게 투정을 부리더니, 6월이 왔다고 그새 물러가고 대한민국 온 천지에 따스한 기운이 내려와 있었다.

"날이 참 좋아요."

박태용은 골목 옆으로 자란 언덕의 나무와 풀을 바라보며 산책하듯 걸었다.

세련된 몸짓, 차분한 걸음걸이, 틈이 보이지 않는 표정.

그의 뒷모습이 너무 유유자적해 보여서 현호는 짧은 순간이나마 그가 부럽다는 생각을 했다.

물론 지금 현호는 박태용을 부러워할 이유가 없었다. 단지 이전 삶의 자신을 떠올렸을 뿐이다.

삼현그룹 박태용.

대한민국에 그를 모르는 사람이 누가 있을까.

아버지 박인하에게서 삼현그룹을 물려받게 될 박태용.

1996년인 지금은 그를 향한 후계자 승계가 착실히 진행되고 있을 것이다.

이전 삶에서 현호는 박태용과 이 같이 가까운 거리에 있어본 적이 없다.

그렇다고 먼발치에서 바라봤냐면, 그 또한 아니다.

감히 어떻게 박태용과 인연이 있었겠는가.

그저 신문이나 뉴스에서 이따금 재벌가와 관련된 뉴스가

나오면 빠짐없이 거론되는 이가 박태용이니만큼 이름만 알고 있을 뿐이다.

대한민국 사람 모두가 그렇듯이 말이다.

그래서 이전 삶의 현호 역시도 박태용과 명함이나 한번 나눠보면 원이 없겠다고 생각했을 정도였다.

그런데 지금 눈앞에 그 박태용이 걷고 있었다.

더구나 박태용이 자진해서 현호를 만나러 왔다.

또각, 또각.

박태용이 걸음을 멈췄다.

고개를 돌린 박태용의 시선이 현호에게 닿았다.

현호의 기대와는 달리 아직은 다 자라지 못한 호랑이의 시선이다.

'박태용……'

순간 현호는 치기 어린 묘한 감정을 느꼈다.

박태용이 호랑이의 자식으로 태어났을지는 몰라도 현호 자신은 죽었다 살아난 몸이다.

호랑이뿐 아니라 더한 것을 마주쳐도 겁날 게 없었다.

"세무 공무원이라고 들었……."

얘기를 꺼내던 박태용이 미간을 찌푸렸다.

지금 현호를 향해 일부러 흉흉한 시선을 뿜었는데… 그래서 녀석이 겁을 낼 줄 알았더니만 정작 녀석은 푸근한 미소를 보이고 있었다.

마치 뛰노는 어린아이라도 보듯 흡족한 미소와 시선이다.

'날 한 수 아래로 보는 거야?'

기가 막히지만 사실로 보인다.

"하하……."

박태용은 고개를 절레절레 흔든 뒤에 헛웃음을 털어냈다.

지금 이놈이 감히 분수도 모르고 삼현그룹 후계자 박태용을 깔보고 있다.

"그래서 설희는 잘 있나요?"

박태용은 들썩이는 불쾌감을 억누르며 얘기를 꺼냈다.

"잘 있습니다."

"역시 그쪽과 함께 있었군요."

말을 꺼낸 순간 차현호가 피식 웃었다.

'웃어?'

박태용이 얼굴을 찌푸리자 현호는 말했다.

"답답하겠지. 강설희가 사라졌는데 어디 있는지를 모르겠고, 강설희를 지키던 경호원들은 추방당했으니… 그뿐인가, 미국 내 신전그룹 자산도 동결됐고……."

"뭔가 오해가 있나 본데, 나는 그저 내 고종사촌이 잘 있나 혹은 어떤 문제가 있나 궁금할 뿐이야. 그쪽이 미국에 간 타이밍이 묘하게 설희가 사라진 것과 겹쳐서 이렇게 찾아온 거지."

"차라리 혼자 왔으면 내가 믿어주는 척이라도 했을 텐데."

"하… 자네, 많이 꼬여 있군."

박태용은 애써 여유 있는 모습을 보였지만 지금 녀석이 한 말은 틀리지 않았다.

뉴욕에 손발을 묶어 놓은 강설희가 사라졌다.

그동안 잘 감시하고 지켜왔는데 증발해 버린 것이다.

그 아이는 한국에 들어오면 안 된다.

여러 사람이 곤란해진다. 신전은 신전 나름대로, 삼현은 삼현 나름대로 곤란하다.

"설희 어디 있어? 무슨 생각인지 모르겠는데, 남의 집안일에 끼어들어 뭘 하려고?"

박태용은 좀 더 구체적으로 이곳에 온 목적을 꺼냈다.

"아니면 얻고 싶은 거라도 있나?"

원하면 적당히 들어줄 의향이 있다.

또한 차현호가 어떤 놈인지는 이곳을 찾아오기에 앞서 미리 알아봤다.

전부터 심심찮게 소문이 나도는 놈이다.

화안기업 일도 녀석이 관련돼 있다는 얘기를 들었다.

미련한 애널리스트나 호사가들의 헛소리일 게 분명하지만, 어찌 됐든 그런 녀석이 삼현의 일에 끼어들고 있으니 박태용의 기분이 좋을 리가 없었다.

"존대를 할 거면 끝까지 하던가, 느닷없이 말을 놓으니 기분이 묘하네요."

"하하하!"

한바탕 웃음 뒤, 박태용의 이마에 굵은 힘줄이 치솟았다.

"좋아. 어차피 설희는 한국에 없을 테니. 그래, 계속 미국에 있으라 그래."

강설희가 한국에 들어왔다면 출입국 사실을 확인한 법무부에서 삼현그룹에 연락이 왔을 것이다.

지금 한 말, 삼현그룹이 보내는 엄중한 경고이고 박태용 나름의 정리이기도 했다.

"차현호라고 했지? 너… 내가 지켜볼 거야. 그러니까 여기서 멈춰."

"왜일까."

"뭐?"

"왜 이렇게 삼현그룹이 강설희 일에 신경을 쓸까?"

현호는 박태용에게 한 발 다가갔다. 찌푸려진 박태용의 눈동자에 뭔가를 감추려는 듯 조바심이 스며들고 있었다.

"그 자리를 빼앗길까 봐?"

"뭐… 라고?"

"후계자면 뭐해. 가서 아버지한테 더 배우고 와. 패가 없으면 판에서 빠져야지, 으름장만 놓는다고 판세가 바뀌겠나."

"하……."

현호가 입꼬리를 슥 올리자 박태용은 상기된 얼굴로 숨을 들썩였다. 분노와 이성이 충돌해 다음 행동을 주저하고 있었다.

이내 현호는 박태용을 그대로 지나쳐 갔다. 머릿속이 차분해진다.

'삼현그룹……'

2016년의 삼현그룹은 거대하다. 감히 범접할 수가 없다.

그래서 현호는 지금까지 2016년의 삼현그룹으로 보고 있었다.

하지만 지금 순간 그게 아니란 것을 깨달았다.

'할 만하다.'

지금의 박태용이 있는 삼현그룹은 붙어볼 만하다.

*   *   *

자정이 가까운 시간, 강남에 위치한 식당이 서둘러 영업을 끝내고 정리를 하고 있었다.

하늘을 채운 만월 아래서 분주히 사람들이 움직인다.

이곳은 과거 월연(月緣)이라는 고급 요정이었지만 지금은 교경(皎鏡)이라 불리며 회원제 식당으로 운영되고 있었다.

"오셨다."

멀리서 자동차 헤드라이트 불빛이 보이자 지배인과 얼굴마담이 식당 입구까지 나왔다.

곧이어 여러 대의 차가 주차장에 들어왔고, 지배인은 발레파킹 직원 대신에 직접 달려가 차 문을 열었다.

차에서 내린 이들은 하나같이 보통의 사람들이 아니었다.

심지어 발레파킹 직원들은 함부로 눈이라도 마주치는 결례를 범할까 두려워 고개를 숙이고 손님들을 맞이했다. 물론 지배인과 얼굴마담도 허리를 숙였다.

"다들 허리 펴. 뭐 하는 거야, 이거."

허리 숙인 직원들에게 손사래를 하는 남자, 국회의원 이호.

"의원님이 겁을 주셨나 봅니다. 하하."

걸걸한 웃음소리의 남자, 강남 큰손 박거성.

"그러게 말입니다. 나도 처음 의원님 마주하고 겁이 덜컥 났지 뭡니까. 의원님에게는 사람을 압도하는 기세가 있어요."

너스레를 떠는 남자, mbs 보도국 국장 윤수만.

"허허, 이 사람들, 그만 좀 합시다. 누가 듣겠어."

"밤 귀 좋은 쥐새끼야 쥐덫 놓으면 그만인데 뭔 걱정이십니까?"

날카로운 눈빛 속에서 식당 직원들을 하찮게 훑어보는 남자, 주종일보 편집국장 조정기.

이 네 사람을 향해 교경의 얼굴마담 최희가 환한 미소를 띠고 다가왔다.

　최희는 노진만의 지원 속에 얼마 전까지 클럽 다이아몬드를 운영했지만 노진만이 박거성에게 정리된 이후로 교경에 자리를 잡았다.

　"어서들 오세요."

　최희의 움직임은 간결하고 격이 있었다. 그녀는 각선미가 잘 들어나는 여성 정장을 입고 있었다.

　"근데 그 녀석은?"

　이호 의원의 질문에 최희가 미소와 함께 돌아봤다.

　"벌써 도착해서 안에 있습니다."

＊　　　　＊　　　　＊

　"아, 해봐요."

　"그만해요."

　현호는 자꾸만 자신의 입에 아몬드를 넣어주려는 여자를 애써 무시하고 있었다.

　"아이, '아' 해보라니까."

　서운한 듯 입안 가득 바람을 담고 있는 여자, 클럽 다이아몬드의 에이스 진보라였다.

　그리고 현호는 그녀를 기억하고 있었다.

이전에 노진만, 박거성, 명우식과 함께했던 화투판에서 노진만의 곁에 붙어 시중을 들던 여자다.

기껏해야 스물대여섯 정도밖에 안 돼 보이는 아가씨였다.

"에이, 치사하게."

현호가 눈앞의 아몬드를 계속 밀어내자 그녀가 투덜댔다.

"나, 에이스예요. 내가 이렇게까지 하는데 싫어하는 남자 처음 보네."

진보라의 외모는 스스로를 에이스라고 말할 수 있는 자신감이 담겨 있었다.

하지만 현호는 그녀에게 별다른 관심이 없었다.

그 역시도 이전 삶에서 유흥이라면 실컷 해봤고, 대한민국 유흥가 안 가본 곳이 없었다. 심지어 해마다 필리핀으로 원정까지 가서 즐기기도 했다.

그러니 진보라가 제아무리 예쁘다 한들, 이런 관계는 그저 감정 없는 연극일 뿐임을 잘 알고 있는 그였다.

드르륵.

마침 미닫이문이 열렸다.

현호가 냉큼 일어나 상체를 숙였고, 들어온 이호 의원이 그의 어깨를 툭 치고 상석 자리에 앉았다.

이어 들어온 이들 중 그나마 현호가 아는 얼굴은 박거성 하나뿐이었다.

현호는 맨 끝으로 이동해 큰절을 올렸다.

"의원님 정식으로 인사드리겠습니다. 차현호입니다."

이호 의원과는 외부에서 만난 적이 없다. 그러니 이 자리는 공식적으로 이호 의원과 회동한 첫 자리이기도 했다.

"서로 인사들 해. mbs 보도국 국장 윤수만, 주종일보 편집국장 조정기."

이호 의원의 한 마디에 윤수만과 조정기가 방석에 엉덩이를 붙이기 무섭게 다시 일어났다. 현호는 그들과 정식으로 인사를 나눴다.

"처음 뵙겠습니다. 차현호라고 합니다."

"얘기야 많이 들었지."

윤수만은 현호와 악수를 하며 흡족한 미소를 보였다. 그 미소를 본 현호는 문득 한 사람을 떠올렸다.

"혹시 윤아리 기자님······."

"그렇다네."

"앞으로 잘 부탁드립니다."

"내가 잘 부탁해야지. 지금 애비나 딸내미나 붙잡은 줄이 하나잖아? 하하."

"거 인사는 짧게 합시다."

주종일보 편집국장 조정기가 차가운 투로 말했다. 얼굴 역시도 딱딱한 플라스틱 가면을 쓴 듯 냉기가 서려 있었다.

그러는 반면 눈은 묘하게 웃고 있으니 참으로 이상한 남자다.

"처음 뵙겠습니다. 차현호입니다."

조정기는 현호와 악수를 하고 빤히 쳐다봤다.

현호는 그 시선을 바로 피하지 않고 적당히 마주 보다가 고개를 숙였다.

"확실히 이성규가 한 얘기가 맞아."

애널리스트 이성규라는, 쥐새끼처럼 이집 저집 가리지 않고 빨빨거리며 돌아다니는 놈이 있다.

그놈이 하는 말이 차현호라는 놈은 이미 한 번 죽음의 문턱을 밟은 관상이라는 것이다.

그리고 조정기 역시도 나름 사람 꿰뚫어 보는 안목이 있는데, 현호의 얼굴을 보는 순간, 서늘함이 머리끝부터 발끝까지 내려왔다.

마치 한여름 밤에 기암절벽에서 쏟아지는 폭포수 곁에 서 있는 기분이다.

"그만들 하고 자리에들 앉읍시다."

이호 의원이 말했다.

그때 눈치를 살피고 있던 진보라가 이호 의원의 팔을 붙잡으며 말했다.

"의원님."

"왜?"

이호 의원도 클럽 다이아몬드의 회원이었던 만큼 그곳의 에이스 진보라를 모르지 않았다.

"저요, 저 사람이랑 앉으면 안 돼요?"

그녀가 가리킨 방향은 현호였다.

현호는 표정 변화 없이 두 사람을 바라봤다.

이호 의원이 픽 웃는다.

"왜? 나 같은 아저씨보다 젊은 게 좋다, 이거야?"

"에이, 내가 의원님 얼마나 좋아하는데. 칫, 나 삐졌어."

"허허, 이게 아주 나를 들었다 놨다 하네. 에이, 가버려라!"

이호 의원이 장난스럽게 진보라를 밀치자 그녀가 서둘러 현호의 곁에 앉았다.

그러자 다들 껄껄 웃는다.

마침, 드르륵 미닫이문이 다시 열리고 대기하고 있던 여자들이 들어왔다.

하나의 술잔이 테이블을 몇 번이고 돌았다.

적당히 취기가 오르자 이호 의원이 입을 열었다.

"그래, 다들 소감 한마디씩 해봐."

현호를 두고 여자들을 향해서 하는 말이었다.

탁.

현호는 고개를 돌려 마저 술잔을 비우고 술잔을 내려놓았다.

입술에 고인 미려한 번들거림과 은은히 내려앉은 조명이 현호의 얼굴을 유난히 부각시키고 있었다.

"의원님, 저는요, 보라한테 얘기는 들었는데 정말 저렇게 잘생긴 분일 줄은 몰랐어요."

이곳의 여주인 최희가 이호 의원 곁에 바싹 붙어 말했다.

그녀야 이 방에 들어올 군번은 아니었지만 영업이 끝났으니 밖에서 궁상떨지 말고 들어오라는 이호 의원의 말에 이 자리에 있는 것이다.

"진짜 나는 배우인줄 알았어요."

"너도야? 나도 그랬다니까, 앞으로 자주 와요!"

"야, 자주 와도 내가 찍었어. 너, 눈독 들이지마!"

진보라가 투덜대자 현호는 그녀의 한결 같은 태도가 마음에 들어서 피식 웃었다.

그 웃음에 또 여자들이 술렁이자 주종일보 조정기가 차가운 시선으로 구시렁거리는 모습을 보였다.

"젊든, 늙든 결국은 누울 관 자리 미리 준비한 이가 저승 가서도 떵떵거리며 사는 거야."

그 말에 진보라가 현호의 귓가에 바싹 얼굴을 붙이고 속삭였다.

순간 화장품 향이 흠씬 달라붙었다.

"저 아저씨 맨날 저런 소리야, 지루하게… 근데 허투로 들으면 안 돼요."

현호는 고개를 끄덕였다. 진보라는 아까부터 이들의 특징을 귓속말로 알려주고 있었다. 특히 눈앞의 조정기에 대해서는 많은 얘기를 했다.

호사가들 사이에서 그를 두고 속에 구렁이 천 마리는 들어앉은 사람이라며, 아마 내년에는 이무기로 승천할 거라는 농담까지 했다. 큭큭 웃으면서.

"자, 이제 얘기해 봐라."

이호 의원이 술잔을 내려놓았다.

하지만 현호는 입을 열지 않고 잠시 진보라와 최희를 쳐다봤다.

"모두 잠깐 물러가 주세요."

그 말에 최희가 고개를 끄덕였다. 다섯 명의 여자가 서둘러 방을 나갔다.

현호는 미간을 찌푸려 혹 도청 장치가 설치돼 있나 살폈지만 그런 부조화는 보이지 않았다.

"의원님."

현호가 이호 의원을 바라보자, 이호 의원은 대꾸 없이 부릅뜬 시선을 들었다.

'차현호……'

제 앞에 놓인 빈 술잔을 바라보는 현호의 모습이 보인다.

무언가 큰 결심을 끝낸 듯 경건하고 평온해 보인다.

녀석이 말한다.

"북악산에 노송이 울창한 경승지가 있답니다. 지금이야 그 곳 출입을 금하고 있지만, 머지않아 일반인들도 출입할 수 있을 겁니다. 그 좋은 경치, 썩힐 수는 없으니까요."

현호는 천천히 몸을 일으켰다.

옷매무새를 갖추고, 이호 의원의 곁으로 몸을 움직였다.

그리고 그 곁에 무릎을 꿇고 앉아 술 주전자를 조심히 들었다.

이호 의원도 말없이 잔을 내밀었다.

현호는 술 주전자를 기울이기 전, 나직이 말했다.

"그때가면 많은 사람이 그곳에서 내려다보게 될 겁니다. 청와대를, 이호 대통령이 있는 청와대를 말입니다. 제가… 의원님을 그 자리에까지 모시겠습니다."

쪼르륵.

＊　　　　＊　　　　＊

1993년, 차현호 국립세무대학교 1학년 재학 당시.

이호는 눈앞의 대학생과 쓰러진 경호원들을 눈에 담았다.

자신을 지켜야 되는 경호원이 도청기를 지니고 있었고, 또 다른 경호원은 지금 순간 그를 향해 총을 겨눴다.

그리고 이 대학생이 혼자서 경호원들을 막아냈다.

"하… 하… 하……."

이름이 차현호라고 했던가.

건장한 경호원 셋을 쓰러뜨린 것이 무리였는지 숨을 헐떡이고 있었다. 얼핏 봐도 몸 상태가 말이 아닌 듯 보이는데, 눈빛은 또 여전히 살아 있다.

"의원님, 당장 사람을 부르겠습니다."

보좌관의 목소리는 빗속에서 멀리 벗어나지 못하고 우산 속으로 기어들어 왔다.

그 때문에 웅웅거리는 소음이 돼 이호의 귀를 두드렸다.

"의원님?"

보좌관이 당황할 겨를도 없이 이호는 현호를 향해 우산을 내밀었다.

쉼 없이 녀석을 두드리던 빗줄기가 우산으로 인해 잠시 멎었다.

"의원님!"

비는 이제 차현호 대신에 이호를 두드렸다.

놀란 보좌관이 손으로나마 막아보려다가 관두고 몸을 돌려 집 안으로 뛰어 들어갔다.

이호는 여전히 뻗은 손을 거두지 않고 우산을 붙잡은 채로 현호에게 쏟아지는 비를 막아냈다.

보좌관이 안에서 우산을 가져올 때까지도 그 행동은 멈추지 않았다.

쓰러진 경호원들, 도청기, 마당에 떨어진 총기까지.

그 모든 것을 눈에 새긴 이호는 목 언저리까지 섬뜩함이 밀려오는 기분이었다.

이런 상황이 올 줄도 모르고 경호를 맡겼으니 언제 떨어져도 떨어질 목이었다.

그저 실로 꿰매 몸뚱이에 듬성듬성 붙여놓은 목이나 다름없었다.

그러니 이렇게라도 안 것은 차라리 잘된 일인지도 모른다.

이호는 다시 현호를 바라봤다.

숨을 쌕쌕 내쉬고 있는 모습이 지친 맹수 같아 보인다.

하지만 손을 가져가면 물어 뜯길지도 모르는 위압감을 가지고 있다.

눈빛 또한 참으로 묘하다.

두려움이 없고, 이 상황에도 당황하지 않고 있다.

마치 모든 것을 준비했고, 알고 있는 자의 눈이다.

도통 방심할 수가 없는 놈이다.

"네가 나를 구한 것 같은데… 뭘 원하는데?"

"하… 하… 하……. 힘을 원합니다."

대답을 듣고도 이호는 녀석을 계속해서 눈에 담았다.

'힘이라…….'

이 어린 녀석이 말하는 힘이란 무엇일까.

그저 단순한 주먹의 힘은 아닐 터.

혹은 저 나이에 권력을 논하는 걸까. 그래, 권력을 원한다면 무엇에 쓸 권력을 원하는 걸까.

단순히 휘두르기 위해서? 아니면 뭔가를 쟁취하기 위한?

그것이 무엇이든 이놈은 자신이 원하는 '힘'이 여기 있다는 것을 알고 있고, 그걸 얻기 위해 목숨을 걸고 여기 이 앞에 섰다.

"내가 가진 힘을 원한다는 거냐?"

"하… 하… 의원님이……. 언젠가는 가질… 힘."

비록 이호가 내민 우산으로 인해 비는 피했다지만 녀석은 급속히 아스러지고 있었다.

당장에라도 쓰러지기 일보 직전 같았다. 눈빛만이 활활 타고 있을 뿐이다.

'내가… 언젠가는 가질 힘이라고?'

당장이 아닌 훗날의 힘이라.

달콤한 말이지만 불확실하다.

녀석은 그걸 마냥 기대하고 있는 건가.

아니면, 확신하고 있는 건가.

투둑투둑.

"의원님!"

얼마 지나지 않아 한 무리 남자가 들이닥쳤다.

보좌관이 불러들인 이들이다. 명동 큰손이라는 자의 수하들이다.

그들이 경호원들을 마당에서 치우고, 이호에게 다가왔다.

"의원님, 어떻게 할까요?"

"의정부에 상수도 공사 마무리 중이다. 시멘트 잘 개서 배불리 먹이고 재워. 먼저 입을 여는 한 놈만 적당히 손봐서 끝내고."

"예."

그들이 물러나기 무섭게 현호가 무릎을 꿇었다.

의도한 것이 아닌 지쳐 쓰러진 것이다.

이호는 여전한 자세로 녀석에게 우산을 드리운 채 속삭였다.

"너, 내가 언젠가 가질 그 힘이 필요하면… 그 말은 내가 거기까지 가야 한다는 건데."

"가실 겁니다."

녀석은 꺼져 가는 눈빛으로 속삭였다. 이제는 마치 의무적으로 입을 열고 있는 것 같았다.

"어떻게? 네가 나를 끌고 가겠다는 거냐? 견마지로(犬馬之勞) 하겠다는 거야?"

녀석은 방법을 묻는 이호의 시선을 마지막으로 눈에 담고 한마디를 더 하고 고꾸라졌다.

"때가 되면… 제가… 모시겠습니다. 때가 되면."

　　　　　　＊　　　　＊　　　　＊

"이제, 그 '때'가 온 거냐?"

이호 의원의 질문에 현호는 술 주전자를 내려놓았다.

때가 됐다는 건 준비가 끝났냐는 질문이다.

하지만 준비는 아무리 해도 늘 부족한 법.

그저 결정을 할 시기가 왔는지, 그리고 결정이 끝났는지의 문제인 것이다.

"10년 대업입니다. 이제부터 시작입니다."

이호 의원이 술잔을 비우고 현호를 향해 자신의 잔을 내밀었다. 이어 술 주전자를 돌려 현호의 잔을 채우면서 물었다.

"얼마나 걸릴 것 같은데?"

"앞으로 두 번은 더 바뀌고, 그다음입니다."

그러자 이호 이원은 손가락을 꼽으며 혼잣말을 속삭였다.

"14… 15… 16… 17대라?"

"예."

현호는 고개를 끄덕였다.

반면 이 두 사람을 제외한 나머지 사람들, mbs 보도국 국장 윤수만과 주종일보 편집국장 조정기는 지금 상황을 쉽게 받아들이지 못하고 있었다.

대체 저 둘이 하는 얘기가 무슨 소리란 말인가.

설사 그런 순간이 온다 한들, 저 어린 친구는 어떻게 저리 확신하는 것이고, 이호 의원은 어떻게 저리 순진하게 받아들이고 있는 건가.

그런 당황하는 두 사람의 모습을 보며 박거성은 흡족한 미소를 보였다.

지금 그는 온몸에 흥분과 전율을 느끼고 있었다.

이호와 차현호에게서 결코 손닿을 수 없는 저 높은 곳이 보이고 있었다.

그래, 인정해야 한다. 박거성이란 인간은 혼자선 절대로 저 높은 곳에 갈 수가 없을 것이 분명하다.

하지만 차현호의 손을 잡는다면, 녀석과 함께라면 저 높은 곳에 같이 갈 수 있으리라.

그 생각을 하니 마음이 들뜨고 머리끝이 아려온다.

"그래! 그럼, 너의 하찮은 힘이 보일 첫 번째는 뭐야?"

이호 의원이 현호를 향해 물었다.

현호는 지체 없이 대답했다.

"삼현그룹입니다."

"삼현그룹?"

이호 의원의 얼굴이 찌푸려졌다. 그 같은 표정은 이 자리의 모두가 마찬가지였다.

현호는 이호 의원이 입을 열기를 기다렸다. 잠시의 시간이 흐른 뒤, 먹구름이 걷히듯 이호 의원이 미소를 보였다.

"내가 어떻게 해야 하는데?"

"하는 건 제가 합니다."

이호 의원은 바로 말뜻을 알아듣고 고개를 끄덕이며 속삭였다.

"하는 건 네가 하면 나는 가만히 있어야 된다는 얘기인데."

"움직이지 않게 해주시면 됩니다."

현호는 이제부터 불을 지필 거다.

집 안에 있는 놈은 난리 법석을 떨며 소방차를 부를 테고, 동네 사람들은 도와주겠다고 양동이에 호수에 세숫대야까지 들고 나올 것이다.

하지만 소방차는 올 필요가 없고 동네 사람들은 다시 들어가 잠이나 자면 된다.

불은 집 안에 사는 놈을 쫓아낼 때까지만 피울 것이다. 설혹 활활 타오른다 해도 상관없다. 그 집의 집주인은 따로 있으니 말이다.

"그래도 기껏 생각해서 저 두 양반 불렀으니까 필요한 거

있으면 부탁해."

이호 의원은 윤수만과 조정기를 손가락으로 가리켰다.

현호는 그들에게 시선을 돌려서 잠시 생각하다가 입을 열었다.

"mbs는 윤아리 기자의 기사를 저녁 뉴스에서 보도해 주시면 됩니다."

"흠, 어려운 건 없는데……. 의원님, 그래도 되겠습니까?"

삼현그룹을 건든다는 것은 사실 집안싸움이나 다름없다.

정계의 높은 양반들 중에 삼현그룹의 뒷수발을 안 받아본 늙은이가 어디 있단 말인가.

아무리 이호 의원이라도 이런 일을 벌이면 좋지 못하다.

더구나 저 친구가 혼자 알아서 한다고 했는데, 뭘 알아서 한다는 말인가.

물론 오기 전에 얘기는 얼추 들었다. 자신의 딸인 윤아리에게서도 차현호라는 존재에 대해 들었다.

하지만 실제로 마주하니 그저 잘생긴 청년일 뿐이다.

아무리 좋게 봐도 겨우 이놈이 대한민국을 뒤 흔든다는 걸 받아들이기 쉽지 않다.

"당장 기사를 내라는 건 아닙니다. 내일 자 뉴욕타임스에 신전그룹과 삼현그룹에 대한 기사가 날 겁니다."

"뭐?"

윤수만의 눈두덩이가 바싹 치켜 올라갔다.

"제목은 아시아의 이무기들, 추잡한 용이 되려 한다."

"뭐어?"

치켜 오른 눈두덩이가 바르르 흔들린다.

'뉴욕타임스라니……'

저 말이 사실이라면 저 친구를 대체 어떻게 정의해야 한단 말인가.

"그 뒤를 이어서 mbs가 보도를 하면 됩니다."

"허허, 이거 영문을 모르니 새벽안개 속을 걷는 기분인데. 이러다 마주 오는 사람과 머리라도 찧을까 겁이 납니다."

조정기가 술잔을 매만지며 말했다. 그러자 이번에는 현호가 그를 돌아봤다.

"그리고 주종일보는 상황을 정확하게 논평해 주시길 바랍니다."

"상황을… 정확하게?"

"예. 무슨 일이 벌어지고 있는지, 뭐가 문제인지, 형세는 또 어떤지… 마치 치열한 바둑 대국을 국민들에게 설명하듯 써주시라 부탁드리는 겁니다."

"대국을 빗댄 논평이라……. 재미는 있겠네."

조정기의 중얼거림 뒤로 현호는 이들에게 현재의 상황을 간략하게 설명했다.

빼거나 더한 것도 없다.

"백설공주군."

모든 얘기를 듣고 난 윤수만이 저도 모르게 속삭였다.

그 말에 현호는 콧잔등을 찌푸린 미소를 보였다. 백설공주라. 그렇게 보면 또 그리 보일 수 있었다.

조정기도 바로 고개를 끄덕였다.

"제목이 마음에 듭니다. 현대판 백설공주의 귀환, 아니지, 백설공주여, 돌아오라? 하하."

조정기가 낮은 웃음을 터뜨렸다. 냉소 어린 입술이 웃는 것이 제법 진풍경이다.

"죄송합니다. 의원님에게 이런 어려운 부탁을 드려서."

현호는 이호 의원의 잔을 또다시 채우며 낮은 목소리로 속삭였다.

이는 진심이다.

삼현그룹은 불을 끄기 위해서 할 수 있는 모든 수단을 쓸 것이다.

그 수단은 압박과 협박, 폭로 등 다양한 형태로 이어질 것이다.

발등에 불똥이 튈 양반들이 제법 있을 거란 얘기다.

그런 자들을 모두 잠재워야 했다.

그러니 이호 의원에게 가만히 있으라고는 했지만 가만히 있는 것만큼 어려운 일도 없을 것이다.

그 뒤에 있는 영진회와 이호의 후원회가 총동원해야 가능한 일이다.

"삼현그룹의 그 아가씨가 입성하게 되면 너한테 도움이 되는 건 확실하냐?"

"예."

삼현그룹은 앞으로 지금과 비교할 수 없을 정도로 성장할 것이다. 화안기업에 비할 바가 아니다.

"좋아. 어디 해보는 데까지 해봐."

쪼르륵.

현호의 잔을 채운 이호 의원이 자신의 잔을 높이 치켜들었다.

모두가 잔을 높이 들자, 이호 의원이 외쳤다.

"자, 다들 힘 좀 써봅시다!"

＊   ＊   ＊

─잘 끝났어요?

수화기에서 설희의 목소리가 들려오자 현호는 술기운이 물러나는 기분이었다.

공중전화 부스 너머 담벼락 가로등에 내린 어둠을 바라보며 지친 미소로 물었다.

"지낼 만해요?"

─내 걱정은 말아요. 여기는 지낼 만하니까.

"공원 산책도 하고, 가끔 거리도 걷고, 좋아하는 문화생활도 하고… 알았죠?"

─훗, 알았어요.

현호는 그녀와 많은 얘기를 하고 싶었다. 밤이 가기 전에, 긴긴 시간 동안 그녀와 얘기를 나누고 싶었다.

이호 의원을 찾아갔을 때부터 현호는 그런 생각을 했다.

이 밤이 지나면 모든 것이 달라진다.

'작별.'

이호 의원의 힘을 받아들이고 그와 길을 걷기로 결심하는 순간, 이전 삶은 완전히 작별이라고.

그러니 이제부터는 바뀔 것이다.

미래가 바뀐다는 얘기다.

어떻게 변할지는 현호로서도 장담할 수 없었다.

답안지를 보긴 했지만 문제가 바뀌지 않는다는 보장이 없다.

"설희 씨… 내일 자 뉴욕타임스에 삼현그룹 얘기가 나올 거예요."

─예.

설희의 목소리가 무겁다. 후회를 하는 건 아니겠지만, 착잡할 것이다.

"끊을게요. 하고 싶은 얘기 있어요?"

―사랑해요.

설희의 목소리에 이어서 아카시아 꽃향기가 밤공기를 타고 어디선가 불어왔다. 귀에 붙인 수화기에서는 그녀의 숨소리가 들린다.

"잘 자요."

현호는 수화기를 내려놓았다.

그러고는 공중전화 부스에 기대어 잠시 눈을 감았다.

달콤한 꽃향기가 사라질 때까지.

이 밤이 기억될 때까지.

33장

흘러가 버린 시간

"우리가 찌라시야?"

mbs 기자 최복규는 윤아리가 들고 온 원고를 책상 위로 밀어냈다.

삼현그룹이라느니, 신전그룹이라느니, 거론해서는 안 되는 명사임을 떠나서 기사 내용 자체도 어처구니가 없었다.

"납치라고? 허."

최복규의 찌푸려진 얼굴에 윤아리는 텁텁한 입맛만 다셨다. 손가락으로 책상의 원고를 두드리던 최복규가 다시금 지난번과 같은 말을 꺼냈다.

"자기 딸을 납치했다는 게 말이 돼? 신전이, 삼현이 뭐가 아쉬워서? 이거 지난번에도 내가 안 된다고 그랬잖아!"

"이거 오더 났어요."

"뭐?"

순간 최복규는 머뭇거렸다.

원고를 다시 집은 그는 여전히 눈을 찌푸리고 있었다.

"누가? 차장님이?"

"국장님이요."

그 말에 최복규의 눈이 커졌다.

윤아리의 입에서 국장님이라는 소리가 나온 것에 놀라서, 원고를 넘기는 그의 손이 빨라졌다.

'그 양반, 절대 가족 편을 들 인간이 아닌데……'

보도국 국장 윤수만이 윤아리의 아버지라는 것은 최복규를 비롯해 짬밥 좀 있는 기자라면 은연중에 다 아는 사실이다.

윤수만이라고 그 사실을 모르지 않기에 지금까지 딸의 일에 관여한 적이 없었다.

원체 성정 자체가 그런 양반이다. 남에게 책잡힐 일은 하지 않으면서도 제 갈 길을 간다. 무소의 뿔처럼 혼자서 가는 것이다.

'그런 양반이 이걸 내라고 그랬다고?'

잠시 원고를 보던 최복규가 다시 고개를 들어 윤아리를 바라봤다.

이 녀석 고집이야 모르는 거 아니지만 이정도로 앞뒤 안 가릴 정도면 그들밖에 없다.

"찬대미가 움직이는 거야?"

"예."

윤아리는 솔직히 고개를 끄덕였다.

최복규의 사촌 김구운이 찬대미 회원이다. 더 나아가 윤아리가 찬대미에 대해 처음 알게 된 것도 최복규를 통해서였다.

물론 찬대미 자체는 처음부터 오픈된 모임이었다.

단지 그 안에 뭐가 있는지를 모르니 사람들이 대수롭지 않게 생각하는 것뿐이다.

"삼현그룹을 건드는 건… 공무원들 비리를 캐던 일이나 화안기업 납품 비리와는 차원이 달라. 그런데도 하겠다고?"

믿기지 않는다는 듯 최복규가 다시 물었다.

"예."

윤아리는 이번에도 그렇다고 대답했다. 그 말에 최복규의 얼굴이 사뭇 심각해진다.

"이게 가능하단 말이야?"

그는 혼잣말을 속삭이며 아랫입술을 한 움큼 깨물었다.

찬대미가 움직인다는 얘기.

그 말은 차현호가 움직인다는 얘기다.

최복규가 여태 본 차현호는 무리한 일을 결코 무리하지 않으면서 끝냈다. 그 이유가 단순히 강한 인맥을 가지고 있어서라고 보기는 어려웠다.

녀석에게는 전체를 보는 눈이 있으며, 사람을 끌어가는 묘한 힘이 있다.

무엇보다 판단과 결정에 있어 어긋남이 없다.

그렇다면 삼현그룹도 녀석은 가능하다는 판단하에 결정을 내렸을 것이다.

'아니지… 이 내용이라면.'

최복규는 다시 원고를 집었다. 이미 몇 번을 읽어서 내용은 알고 있으니 그저 뚫어지게 바라만 볼 뿐이다.

그렇게 보고 있으니 윤아리가 얘기를 꺼냈다.

"팀장님… 아니, 선배. 이제 곧 뉴욕타임스에서 기사가 나온대요."

"뉴욕… 뭐? 그건 또 무슨 소리야?"

"뉴욕타임스에 삼현그룹과 신전그룹에 관한 기사가 나온다는 겁니다."

"지금 농담하냐?"

뉴욕타임스라니.

거기가 무슨 버스 정거장 신문 가판대도 아니고.

최복규는 넋이 나간 반면에 윤아리는 예의 그 예쁜 미소를 그럴싸하게 짓고 있었다. 그녀가 말했다.

"선배, 이 싸움… 이미 시작됐어요."

＊　　　＊　　　＊

[아시아의 이무기들, 추잡한 용…….]

─The New York Times

뉴욕타임스가 삼현그룹과 신전그룹을 직격했다.

아시아의, 그것도 한국의 두 대기업을 신랄하게 비판했다.

내용인즉, 강설희를 둘러싼 두 기업 간의 거래와 추잡한 진실, 거기에 뒷받침된 증거자료까지 낱낱이 공개됐다.

뉴욕타임스는 특히 신전그룹 소속으로 추정되는 이들이 뉴욕 한복판에서 벌인 추격전을 비판하며 정부 차원에서 정식으로 이 사건을 조사할 것을 강하게 주장하고 있었다.

"후……"

삼현그룹 회장 박인하는 고심에 빠졌다.

기사 때문이 아니다. 사실 기사는 큰 문제가 아니었다.

뉴욕타임스야 어차피 외신이니 국내만 단속하면 이런 기사 정도야 헛소리에 해프닝으로 일단락 짓는 것은 문제가 아니다.

그리고 사실, 이미 강설희가 사라진 시점부터 뭔가 일이 잘

못됐음을 느끼고 있었다.

그래서 그에 따른 방안도 준비를 하고 있었다.

물론 차현호라는 존재에 대해서도 대비하고 있었다.

강설희가 없어지기 사흘 전, 차현호가 뉴욕에 도착했다.

이후 강설희가 사라졌고 신전그룹의 미국 내 자산 일부가 동결됐다.

그러던 차에 뉴욕타임스가 친절하게도 지금 상황을 풀어서 설명해 주고 있는 것이다.

유서에 관한 것도 기사에 실려 있었기에, 오히려 박인하 회장으로서는 지금 눈앞을 가리던 안개가 걷힌 기분이었다.

그러니 이제는 선택만이 남았고, 그래서 고민에 빠졌다.

상대가 먼저 쳤다고 무턱대고 받아치지는 않는다.

뉴욕타임스 기사는 상대의 공격으로 볼 수도 없다. 그저 굴 앞에 피워진 연기에 불과했다.

연기를 피해 밖으로 나가는 놈이 토끼인지, 아니면 곰인지를 보기 위한 상대의 잔머리에 불과했다.

어차피 길게 가면 삼현그룹은 이길 수 있다.

미국 내 감시 문제를 가지고 상대가 고소를 한다면 형사 판결이 나오기까지 시간이 걸릴 것이고, 또 그 시간이야 충분히 끌 수 있다.

더구나 그 일은 삼현이 아닌 신전이 주도한 것이다.

실제로 신전그룹의 미국 내 자산은 동결됐을지 몰라도 삼현그룹에는 아무런 영향도 미치지 않았다.

그러니 아마 상대는 바로 민사로 들어올 것이다.

하지만 민사라고 쉬울까.

그 또한 삼현그룹은 자신이 있다.

로펌에, 검찰에, 정재계 인사들까지. 삼현에 도움이 되는 이들이 대한민국에 참 많이 있으니 말이다.

'결국에는 시간인데…….'

박인하가 생각에 빠진 사이에 회장실에 모인 이들은 계속해서 서류들을 검토하고 있었다.

기사가 터진 시점에 박인하가 지주회사 체제를 결정했기 때문이다.

세무, 회계, 노무, 법무팀, 사업팀으로 구성된 위기관리 팀이 회의실과 회장실을 오가면서 관련 주식매입비용과 출자 방안을 고심하고 있었다.

법에 비추어볼 때 지주회사 체제는 아직 허용되지 않고 있다.

그렇기에 지금까지 삼현호텔은 단지 '실질적 지주회사' 격일 뿐이었다.

설사 앞으로 법이 바뀌어 지주회사 체제가 허용이 된다 한들, 지배를 목적으로 계열사의 지분을 소유하기 위한 일에 굳이 법적인 기준을 충족하면서까지 그 형식과 결론에 도달할 필요는 없다.

삼현그룹으로서는 지주회사 설립에 들어가는 자본과 요건, 충족에 걸리는 시간, 순환 출자 구조로 완성된 현 체제에 칼을 대면서까지 구조조정에 준하는 그 같은 일을 해야 할 필요가 없는 것이다.

그렇지만 이번 일로 인해 공식적이고 빠른 지주회사 체제의 도달이 필요해졌다.

박인하가 위기관리 팀에게 지시한 공식적이라는 단어는 대중과 업계가 인지하는 수준을 얘기한다.

그리고 그 지주회사 체제에 삼현호텔은 제외였다.

현호의 예상대로 박인하는 지금 지주회사를 옮길 계획을 실행 중이었고, 앞으로 계열사 간에 대규모 지분 이동이 예고돼 있었다.

철컥.

회장실 문이 열리고 들어온 이는 아들 박태용이었다.

테이블에서 정신없이 숫자와 싸움을 하던 위기관리 팀이 슥 고개를 들어 회장실 출입문에 서 있는 박태용을 쳐다봤다.

그들의 퀭한 시선을 뒤로하고 박태용은 고심에 빠진 박인하에게 다가갔다.

"회장님, 강설희의 소재를 확인했습니다."

이마를 괴고 있던 박인하가 고개를 들었다.

"아직 뉴욕에 있다고 합니다."

"…그래?"

"제가 직접 만나고 오겠습니다."

"만나서 뭘 할 건데?"

"어차피 물량과 시간 싸움인 건 저들도 알고 있습니다. 적정선에서 타협할 생각입니다."

타협.

아들 박태용의 타협이 어느 수준인지 짐작은 가지만, 이미 박인하 회장도 타협안은 가지고 있다. 단지 상대가 강설희가 아니라 차현호일 뿐이다.

그 말인 즉, 아들 박태용은 지금 번지수를 잘못 잡고 있다는 말이다.

'아니지……'

박인하는 입을 열다 말고 멈칫했다.

아들에게 그냥 가만히 있으라고 지시하려고 했는데, 지금 말을 들으니 또 다르게 생각을 할 수 있었다.

'어찌 됐든 설희가 포기하면 되는 거지.'

설희만 빠지면 차현호는 중간에 미아가 된다. 아니, 더 나아가 설희를 삼현그룹의 편으로 만들면.

'차현호라는 녀석을 이참에 끝내 버려야겠어.'

녀석을 향해 이를 갈고 있는 이가 제법 많다고 들었다.

그러니 설희만 빠지면 이번 일이 되레 부위정경(扶危定傾)하는 좋은 기회가 될 수도 있다.

"설희의 유모가 있어. 그 여자 찾아서 같이 가. 그리고 설희가 한국에 있을 때, 마지막까지 곁에서 얼굴을 본 사람도 함께 데리고 가."

"그렇지 않아도 설희가 머물렀다던 제주도 별장에서 일하던 직원을 데리고 갈 생각입니다. 이름이 전지우라고 합니다."

전지우라는 얘기가 나오자 회장실 한쪽 소파에 앉아서 침묵하고 있던 남자가 고개를 들었다. 양 비서였다.

"회장님."

양 비서가 서둘러 다가와 박태용 옆에 서자 박인하가 고개를 돌렸다.

"전지우라는 친구, 차현호가 관심을 뒀던 아가씨입니다."

"뭐?"

"차현호가 중학교 2학년 때, 진우 도련님과 함께 제주도에 내려온 적이 있습니다."

"진우… 죽기 전 말하는 건가?"

"예."

신전그룹은 아들 강진우의 죽음에 대해서 철저히 입단속을 했다. 미성년자 음주운전 사고였기 때문에 당시 언론에서도 떠들썩했다.

그걸 잠재우기 위해서 그룹 차원에서 총력을 펼쳤다.

그래서인지 뒷말이 나오지 않게 하려고 직원들 입단속뿐 아니라 강성환 회장 자신도 입을 꾹 다물었다.

심지어 사고 이후 한동안 전경련 모임에도 모습을 나타내지 않았을 정도였다.

그러니 당시 일을 지금 양 비서가 언급하고 있으니 박인하의 호기심이 동할 수밖에 없었다.

"그때 전지우를 보는 차현호, 그 친구의 시선이 예사롭지 않았습니다."

"중학교 2학년이면 열다섯인가? 그 아가씨는 그때 몇 살이었는데?"

"이십대였습니다."

"뭐?"

박인하의 이마가 찌푸려졌다. 이게 무슨.

"그냥 어린애 풋사랑이잖아?"

못마땅해하는 박인하의 말투에 양 비서가 고개를 가로저었다.

"차현호는 그때도 성인과 다름없는 외모와 신체를 가지고 있었습니다. 물론 육체적인 관계를 언급할 수는 없지만 정신적으로는 충분히 둘이 교감을 나눌 수 있는 상황이었습니다."

"허……."

평소의 박인하 회장이라면 일고의 가치가 없는 얘기였다.

치정 싸움도 아니고 지금 같은 상황에 논할 이야기가 아니다.

하지만 상대가 이런 종잇장의 기사 몇 줄로 연기를 피웠다면 이쪽에서도 마땅히 대응해 줘야 하는 것 아닌가.

부채질이라도 해 연기를 저쪽으로 돌려야 통쾌한 법이다.

"그 아이 일단 불러와. 얼굴 한번 보자."

"예."

*   *   *

"근데 정말 가능한 거야?"

현호가 차에서 내리기 위해 안전벨트를 풀자 강태강이 걱정스러운 얼굴로 물었다.

"가능하게끔 해야죠. 정해진 건 없어요. 그저 결말을 정해놓았을 뿐이고 중간중간 장치를 구성해 놨을 뿐입니다. 전개가 이어지면서 가능한 처음 구성대로 이어지기를 바랄 뿐이죠."

"강설희의 소재를 알린 것은 무슨 생각이야?"

강태강은 그 점을 이해할 수가 없었다.

현호가 일부러 강설희의 소재를 박태용 측에 흘렸기 때문이다.

"사냥감 쫓기가 번거로워서 먹이 좀 던졌을 뿐입니다."

현호가 피식 웃으며 말하자 강태강이 미간 가득 눈썹을 모았다.

"도통 알 수 없는 소리를 한단 말이야."

아직까지 상황은 뉴욕타임스 기사가 터진 게 전부였다.

그로 말미암아 달라진 것도 없다.

과장 좀 보태서 대한민국에서 그 기사가 있는지 아는 이들이라 해봐야 열 손가락에 꼽을 것이다.

검경이 움직이고 있는 것도 아니고, 특무부가 움직이는 것도 아니다. 현호는 자신이 가진 모든 것을 오로지 스탠바이만 해놓은 상태였다.

물론 오늘 mbs 저녁 뉴스에 보도가 나가면 상황은 180도 바뀌게 될 것이다.

여론이 들썩일 것이다.

하지만 삼현그룹이라고 가만히 있을까.

당장 가진 것이 거짓일지언정 그들은 mbs 보도를 반박할 것이다. 그래서 강태강은 차라리 먼저 검경이 움직인 뒤, 기사가 터지는 것이 더 임팩트가 있을 거라고 주장을 했다.

기사가 터지고 검찰이 움직인다는 것은, 여태의 대한민국 사건 사고를 봤을 때 포장을 풀어 그 안의 것을 꺼내는 게 아니라 포장을 덮어 그 안의 것을 숨겨 똑같은 포장의 다른 상자를 가져오는 식이었다.

"형님."

현호는 이제 강태강을 형님이라 호칭했다.

하지만 강태강은 녀석이 부르는 형님이란 호칭이 괜히 묵직해서 오히려 불편했다.

"이 게임, 물량 싸움이 아닙니다. 검경 치고 들어가고, 특무부 치고 들어가고, 여야 팔 걷어붙이고 싸우고, 특검까지 가는 거… 그거 우리한테 손해입니다."

"그거야 그렇지만 그렇게 해야지 겨우 이길 수 있는 게임이야."

정치판에서 한두 해 놀아본 강태강이 아니다. 그가 괜히 정치 깡패였겠는가.

"어설프게 했다가는……."

강태강은 다시 얘기를 꺼내려다가 멈칫했다.

정치 깡패.

근래 현호를 만나면서 강태강에게는 변화가 있었다.

독자적인 생각과 추론이 많이 옅어진 것이다.

워낙에 상상 이상의 행보를 보이고 있는 현호를 따라가다 보니 구경하는 데 급급했다.

하지만 정치 깡패 생활을 완전히 잊지는 않았다.

그걸 어떻게 잊을까.

비록 중간에서 개처럼 저리 짓고 이리 짓느라 바빴어도, 판세를 보고 추측할 수는 있었다. 물론 생각뿐이다. 입 밖으로 꺼내면 꺼낸 말에 뒤통수를 찍히는 게 정치판이니까.

그 같은 경험으로 강태강도 상황을 보는 눈이 생겼다.

그럼 그때의 상황에 비춰보면 현호가 하려는 것은 쉬이 결론이 나온다.

"너 설마, 박태용 붙잡으려는 거냐?"

그 말에 현호가 차에서 내리기 전 강태강을 돌아봤다.

"우리 태강이 형님, 이제 눈치채셨네, 훗."

짧은 웃음과 함께 현호가 차 문을 닫았다.

강태강은 차창 너머로 멀어지는 녀석을 보면서 창고에서 녀석과 주먹을 겨뤘던 순간을 떠올렸다.

그때처럼 지금 순간, 뒤통수에 소름이 바싹 치고 올라왔다.

*　　　　*　　　　*

국세청장 안정호, 통상산업부 차관 이주헌, 한누리당 박한원 당대표, 특무부 서장.

한자리에 모인 이들은 mbs 저녁 뉴스 보도를 지켜보고 있었다.

"허……."

국세청장 안정호는 뉴스를 보는 중에 몇 번이나 헛바람을 뱉었다.

뉴스 내용이 아주 가관이다. 국민 정서에 반하는 막장 드라마였다.

신전그룹의 딸 강설희가 신전그룹과 삼현그룹에 의해 강제로 미국에서 거주했으며, 24시간 밀착 감시를 받고 있었다는 내용이다.

아나운서는 이를 납치나 다름없다고 강하게 비판했고, 뉴욕타임스 기사 내용까지 언급함으로서 사안의 중요성을 강조했다.

"…쩝."

관세청장을 거쳐 이번에 통상산업부 차관이 된 이주헌 역시도 말라 버린 입만 쩝쩝거릴 뿐이었다.

"이거 보통 일이 아닙니다."

박한원 의원이 찻잔을 손에 쥐며 나직이 말했다. 그러자 안정호가 상체를 기울이며 물었다.

"야당은 분위기가 어떻습니까?"

"뒤숭숭합니다. 여당도 마찬가지고."

"다들 눈치만 보는 거겠죠."

이주헌이 빈 찻잔을 내려놓으며 대화에 끼어들었다.

"어디 삼현그룹의 주인이 바뀐다는 걸 상상이나 하겠습니까."

이주헌은 소파 앞 테이블에 놓인 사탕 주머니에서 사탕 하나를 꺼내 껍질을 벗겼다. 부스럭거리는 소리 속에서 판세를 되짚어봤다.

"차현호 말이 삼현그룹을 무너뜨리자는 게 아니라 주인을 바꾼다는 겁니다."

"그렇다고는 하는데……."

안정호가 턱 끝을 매만졌다.

분위기가 무거워지니 특무부 서장은 입도 뻥긋 못 하고 이들의 대화에 집중했다.

"혹, 위에서 얘기 나온 것 있나?"

이주헌의 뒤에는 청와대 민정수석 라인이 있다. 안정호도 그걸 잘 알기에 물은 것이다.

"딱히 불편하신 눈치는 아닌데 아무래도 하나원을 정리한 지 얼마 안 됐으니까… 여론도 지금 정부에 좋은 쪽으로 흐르고 있고……."

"그래서?"

"잘됐지 않나, 하는 분위기 같습니다."

"잘됐다고?"

"아무래도 삼현이 문제가 좀 있지 않습니까. 과거에 밀수 사건도 있었고 탈세 문제도 거론됐었고… 그 일로 청와대 투서도 있었잖습니까?"

"그게 언제 적 얘기인데."

"언제 적이라니요. 지금 어른께서 하나원을 친 걸 보면 모르겠습니까? 금융실명제도 그렇고, 고인 물은 퍼내겠다는 거예요. 썩은 물이 땅에 스며들면서 논이며, 밭이며 망치는 꼴은 더 이상 보지 않겠다는 겁니다. 그러니 오히려 잘된 거죠."

덜그럭, 덜그럭.

이주헌은 입안에 있는 사탕을 굴리며 얘기를 계속했다.

"삼현그룹이야 범국민적 기업 아닙니까? 어른께서도 차마 건들지 못하고 내버려 두고 있던 차에 이렇게 마침 일이 터진 거 아닙니까."

덜그럭.

"그리고 무너지는 것도 아니고… 주인만 바뀌는 거 아닙니까? 듣자 하니 강설희라는 아이가 차현호하고 관계가 있다는데 앞으로 우리 일에 도움이 되면 됐지, 해가 될 것은 없죠."

"흠……."

안정호가 뜨거운 콧바람을 내며 고개를 끄덕였다.

듣고 보니 일리가 있는 얘기다.

안정호는 차현호를 처음 마주했을 때를 떠올렸다.

서울청 조사 4국의 장명준을 찾아간 자리에서 차현호를 맞닥뜨렸지만, 얘기야 그전부터 들어서 알고는 있었다.

창원과 강남세무서 비리 건을 잡아낸 어린 친구가 있다는 소리에 별난 놈이겠거니 생각했었다.

사실 실제로 마주쳤을 때도 대수롭지 않게 스쳐봤었다.

그런데 지난번 화안기업 건으로 찾아온 녀석을 다시 봤을 때는 또 다른 모습이었다. 그리고 미국에서 돌아온 녀석이 찾아왔을 때도 내심 놀라고 말았다.

녀석은 볼 때마다 달라지고 있다.

아래에 두고 써먹을 생각을 했건만, 이것 참.

"의원님은 어떻게 생각합니까?"

안정호가 박한원 의원을 돌아봤다.

"삼현그룹 말입니까? 아니면 차현호를 말하는 겁니까?"

산전수전 다 겪은 박한원이니만큼 반문과 달리 안정호의 의향을 바로 알아챘다.

"차현호를 말하는 거면, 글쎄요… 예측이 불가능한 친구죠."

"그럼 고민을 해야 하나……."

대한민국에 삼현그룹의 손이 닿지 않는 이들이 어디 있나.

그들 모두 지금 같은 궁리를 하고 있을 것이다.

판세를 아는 놈들은 고민을 더 할 테고, 판세를 모르는 놈들은 결국 삼현그룹의 손을 덥석 잡을 것이다.

그게 당연한 것이다.

어느 누가 스물한 살 어린 친구의 편을 들겠는가.

'흠…….'

길어지는 고민 속에서 안정호가 찻잔에 손을 뻗으려는데,

박한원이 다시 얘기를 이었다.

"한 가지 확실한 건 녀석과 같은 편에 있는 게 좋다는 겁니다."

"응?"

"이미 그 녀석의 나이를 논하는 것은 의미가 없고 제가 지켜본바 같이 가는 게 낫습니다."

"왜 그렇게 생각하는데요?"

"적으로 마주치는 것보다는 낫지 않습니까?"

그 말에 안정호의 눈꺼풀이 푸닥거리하듯 들썩였다.

단순한 이치다. 정치판은 내 편이 아니면 적이다.

여당과 야당이라는 명확한 구분부터가 그 진리를 상기시켜 주지 않나.

"하……. 부럽구먼… 녀석이 부러워."

이주헌이 늘어진 한숨과 함께 달콤한 사탕의 여운을 느끼며 눈을 감았다.

*　　　*　　　*

"어제 뉴스 봤어?"

"봤지, 그게 사실이야?"

"사실이라잖아. 그 딸을 납치했다는 거야."

"그게, 그 죽은 엄마라는 사람이 남긴 유서 때문에 그랬다는 거 아니야?"

"그 삼현호텔인가 하는 곳의 주식을 가지면 진짜 삼현그룹의 주인이 되는 거야?"

"그렇다잖아."

"에이, 설마. 그리 쉽나."

병원에 들어선 현호는 로비에서 수군대는 소리에 귀가 따가울 정도였다.

다들 mbs 뉴스에 대해서 얘기를 하고 있었다.

부스럭.

엘리베이터를 기다리고 있던 어떤 남자가 신문을 뒤집어 눈을 기울이고 있었다.

주종일보 신문이며, 마침 뒷면에 조정기의 논평이 보였다.

―…삼현그룹과 신전그룹의 거래는 어젯밤의 뉴스 보도 이후 대한민국 근현대사 이후 최악의 거래가 되어 버렸다. 범국민적 지지를 받고 있던 두 기업의 그림자가 사실은 추악한 이무기의 형상을 띠고 있었음을 미처 몰랐던 탓… 삼현그룹은 이 사건을 집안의 일이라는 울타리에 가둘 것이 분명하지만… 과연 정부는 이들을 위해서 해를 가려줄지, 아니면 울타리를 부숴 그 안을 낱낱이 파헤칠지… 하나원 해체로 국민의 절대적인 지지를 받고 있는 대

통령… 국민이 이 사건을 지켜보고 있음을 상기해야 할 것이다.

띵.

현호는 도착한 엘리베이터에 올라탔다.

암 병동에서 내린 그는 무거운 걸음을 내디뎠다. 그리고 얼마 가지 않아 병실 복도에 모여 있는 수많은 이를 볼 수 있었다.

세무대학을 졸업했거나 현재 재학 중인 학생들이었다.

그들 중 상당수가 관세청과 세무서에서 일을 하고 있으니 서로가 여전히 보이지 않는 강한 끈으로 묶여 있다고 볼 수 있다.

현호가 다가가자 누군가 그를 알아보고 속삭였다.

"차현호다."

"쟤가 차현호야?"

"창원세무서하고 강남세무서 비리 라인 잡았다지?"

"화안기업이 쟤 때문에 뒤집어졌잖아."

"금진은행 건도 저 친구가 뒤에 있었다는데?"

서로가 말을 하면서도 고개를 갸웃거릴 정도로 믿기 힘든 얘기들이 병실 복도를 채웠다.

하지만 장소가 장소이니만큼 아주 낮은 목소리들이었다.

"현호야."

손을 든 여자는 장라희였다. 그 곁에는 과대 조혁수도 있었다.

"다들 잘 지냈어요?"

현호는 다가가 악수와 함께 미소를 보였다.

장라희에게는 그 아버지 장명준의 특무부 입성을 막은 전적이 있기에 조금 미안한 면이 있었다.

물론 다 지난 일이고 지난번 화안기업 건으로 인해 장명준의 손을 다시 잡았지만.

"우리야 잘 지냈지."

"우리요? 다시 또 만나는 거예요?"

"하도… 쫓아다녀서."

장라희가 피식 웃으며 말했다. 그 곁에서 조혁수가 미소와 찌푸린 얼굴을 어중간하게 보였다. 장라희가 고개를 돌리자, 그가 아니라는 듯이 고개를 휘휘 젓는다.

그런 두 사람의 모습이 보기 좋아서 현호는 오랜만에 옛 생각을 떠올릴 수 있었다.

너무 빨리 지나갔지만 대학 생활이 가장 행복했던 게 사실이다.

미래의 많은 계획을 세웠고, 많은 사람을 만났다.

만약 그때 세무대학이 아닌 다른 대학을 갔다면 현호의 인생은 달라졌을 것이다.

물론, 후회는 없다.

"어, 주혜다."

장라희가 손을 흔들었다. 그 곁으로 황주혜가 다가왔다.

듣기로는 서울청 조사과에서 근무하는 그녀가 이번에 원하던 재무부에 불려갔다고 한다.

하지만 아마 그곳에 가지 않을 것이다.

그녀는 미국으로 가게 돼 있으니까. 그곳에서 최연소 여성으로 재무장관이 돼야 하니까.

"너 얼굴 보기 힘들다? 지난번 파티에서는 그냥 가더라?"

황주혜가 주먹으로 현호를 툭 쳤다.

"아파, 인마."

현호가 엄살을 피우자 그녀가 주먹질을 몇 번 더 했다.

두 사람의 모습에 장라희가 은근슬쩍 눈치를 준다.

"너희는 매번 그렇게 티격태격하니?"

"그래. 싸우다 정든다더라."

"정은 무슨… 너 삼현그룹 일은 어떻게 된 거야?"

황주혜가 입바람을 뿜으며 물었다. 그러자 장라희도 현호를 바라봤다.

"어떻게 알았어?"

현호가 되물었다.

"어떻게 알긴, 내가 귀가 먹었냐?"

"신경 쓸 것 없어. 죽기야 하겠냐."

"너 그러다 진짜 죽어."

"여기서 죽는다는 얘기는 좀 그렇지 않냐?"

조혁수가 한마디를 툭 하자 황주혜가 주위를 살피다 입을 다물었다.

잠시 기다리는 사이 그제야 얼굴이 눈에 익은 선배들이 보였다.

그때마다 현호를 비롯해 다들 인사를 나눴다.

선배들은 하나같이 현호에게 악수를 청하고 명함을 건네는 것을 잊지 않았다.

"죄송하지만 오늘 면회는 어렵겠어요."

마침 간호사가 나왔다. 그녀의 입에서 나온 말에 모두의 얼굴이 굳었다. 간호사 역시도 모여 있는 수많은 이를 보고 깜짝 놀란 얼굴이었다.

"왜 무슨 문제 있습니까?"

현호가 등을 돌린 간호사에게 다가가 물었다.

"그건 안내 데스크 가서 물어 보……."

퉁명하게 대답하던 간호사가 고개를 돌렸다.

그녀는 현호를 보고는 잠시 머뭇거리다가 금세 미소를 보이며 설명을 이었다.

"아시겠지만, 환자분이 몸 상태가 안 좋으세요. 주치의 선생님께서 오늘은 무리일 것 같다고 하셨어요."

"많이 안 좋으세요?"

"사실 어제 점심 무렵부터 극심한 통증으로 인해 계속 진통
제로 버티고 계세요."

지금 이 자리에 모인 이들은 췌장암 말기인 주덕환 교수를
뵈러 온 것이다.

주 교수는 처음 의사가 선고한 두 달이라는 시한부 기간을
훌쩍 넘긴 상태로 지금까지 버텨왔다.

그러니 모두들 어쩌면 오늘이 마지막일지도 모른다는 생각
을 하고 있을 것이다. 아쉬움이 클 수밖에 없었다.

"그럼 얼굴만이라도 볼 수 없겠습니까?"

"그건… 알아봐야 하는네, 아마 안 될 기예요."

그때였다.

"안 되긴."

슬리퍼를 끌며 다가온 흰 가운의 남자는 한국대 의대 김춘
삼이었다.

그가 현호를 향해 미소를 보였다.

*   *   *

다들 경건한 분위기 속에서 주 교수님의 얼굴을 눈에 담고
물러났다.

독한 진통제에 취해 있는 주 교수는 홀쭉하게 뼈만 남아 있

었다.

그 모습을 보며 어떤 이들은 눈물을 삼키기도 했고, 어떤 이들은 자신의 가슴을 두드렸다.

황주혜나 장라희도 눈물짓기는 매한가지였다.

그 사이 현호는 김춘삼에게 상황을 듣고 있었다.

"간성혼수(환자의 의식이 나빠지거나 행동의 변화가 생기는) 상태야."

"심각해?"

"어제 점심부터 마약성 진통제로 버티고 있으셔. 계속 저 상태야. 아마… 오늘내일하실 거야."

"하……."

현호는 주 교수를 바라보며 어찌할 수 없는 답답함을 느껴야 했다.

'주 교수는 어떤 삶을 살았을까.'

문득 그런 생각이 든다.

그에게도 어린 시절이 있을 테고, 청춘이 있었고, 젊음이 있었을 것이다. 지금 이렇듯 병마에 아스러지는 몸뚱이는 그 시절이 없었던 것처럼 보일지 모르나 그것은 분명한 사실이다.

"흐흑."

황주혜는 흐느낌을 참으려 입술을 꾹 여물고 있었다.

닭똥 같은 눈물을 흘리는 그녀를 보다 못해 현호가 그녀의 어깨를 툭툭 두드렸다.

"그렇게 정정하신 분이었는데……."

그녀는 여전히 주 교수를 바라보며 속삭였다.

쓰리 포인트라는 별명을 가졌던 주 교수는 때로는 근엄한 모습을, 때로는 조별 과제에 3가지 오류를 만들어 내시던 짓궂은 모습을 보여주곤 했다.

그런 모습을 추억으로만 남기기에는 아직 헤어짐은 일렀다.

"자, 다들 이제……."

간호사가 조심히 입을 열자 다들 뒤돌아 병실을 빠져나갔다.

현호 역시 뒤돌았지만 갑자기 느껴진 인기척에 걸음을 멈췄다.

"먼저들 나가 있어."

현호가 멈춰서 말했다.

"왜?"

"나가 있어."

황주혜는 더 묻지 않고 병실을 나갔다. 현호는 곁에 있는 김춘삼에게 말했다.

"형, 교수님하고 할 얘기가 있는데."

"뭐? 환자는 지금 약에 취해서… 어?"

그제야 김춘삼은 주 교수가 눈을 뜨고 있는 것을 볼 수 있었다.

주 교수가 자신의 얼굴을 가린 호흡기를 떼 달라고 손가락으로 표시하고 있었다.

김춘삼이 잠시 주 교수의 상태를 살폈다. 의식이 명료해 보이자, 놀란 얼굴로 다시 현호를 돌아봤다.

"…5분이다."

현호의 굳은 얼굴을 본 김춘삼은 더 이상의 얘기 없이 주 교수의 얼굴을 가리고 있는 호흡기를 떼고 물러났다.

"교수님."

현호가 의자를 끌어 앉아 미소와 함께 주 교수를 바라봤다.

"잘… 지내고 있지?"

"예."

"무리하지… 말게나."

띄엄띄엄, 속삭이듯 숨을 개어내 말하는 주 교수의 얼굴에는 옅은 미소가 배어 있었다. 사실은 그 미소도 힘겨워 보였다.

"교수님."

"응……."

"참 야속한 시간들입니다."

"후… 훗……. 야속하긴, 흘러가야… 그것이 시간이지."

"제 인생에 교수님을 만날 수 있어서… 참 다행입니다."

문득 현호는 대학 엠티에서 주 교수가 자신에게 해준 얘기를 떠올렸다.

"멀리 있는 친구들을 챙기기 전에 가까이에 있는 이들부터 챙기게. 그게 순서일세."

그때의 그 말.
아주 깊이 새기려 노력하고 있었다.
이전 삶에서도 그랬고, 지금 삶에서도 너무 쉽게 잊어버리는 그 단순한 사실을.
어쩌면 앞으로는 그 사실을 상기할 때마다 주 교수가 떠오를지도 모르겠다는 생각이 어렴풋이 들었다.
"흘러가 버린… 시간을 탓하지 말게. 설혹… 앞으로 남은 시간이… 얼마 없어도 탓하지 말게……. 지금 순간을 살게."
"명심하겠습니다."
"참… 자네가… 마음에 들어."
주 교수는 힘겹게 숨을 내쉬고 고개를 끄덕였다.
"오랜 친구와… 얘기를 나누는 기분이야."
"훗, 그런가요?"
"이번에도 잘할 걸세."
주 교수의 말에 내내 미소를 띤 현호의 얼굴이 잠시 흐트러졌다.
주 교수는 담담한 시선으로 그 모습을 바라봤다.

"삼현그룹 일은… 잘 될 거야."

"그럼요. 누구 제자인데요."

"아쉽구만… 더 지켜보고 싶었는데……. 이만, 가보게."

"교수님."

"또 보세."

현호는 마지막으로 그를 눈에 담고 병실을 나왔다.

또 보자는 말에 가슴이 아리다.

밖으로 나가니 다들 기다리고 있었다. 주 교수의 사모님과 살짝 눈인사를 하고 병실과 멀어지자 황주혜가 다가와 물었다.

"무슨 얘기 나눴어?"

"동기들 잘 간수하란다. 하하."

현호는 일부러 너스레를 떨며 세 사람을 이끌고 엘리베이터로 향했다.

"근데 진짜 삼현그룹은 어떻게 된 거야?"

엘리베이터를 기다리는 동안 장라희가 다시 물었다. 그녀 나름 분위기를 바꾸려는 행동이었다.

그런데 조혁수가 영문을 모르겠다는 얼굴로 끼어들었다.

"야, 니들 아까부터 삼현그룹 어쩌고 하는데, 그게 무슨 소리야?"

그 말에 장라희가 얼굴을 찌푸리며 조혁수를 핀잔했다.

"신전그룹 강설희 납치 사건 몰라?"

"신전그룹은 또 뭐야? 강설희 납치 사건?"

조혁수는 고개를 갸우뚱했다. 처음 듣는다는 표정이다.

그러자 현호가 피식 웃으며 말했다.

"혁수 형이야 모를 수도 있죠. 겨우 어제 뉴스에 나온……"

현호는 얘기를 하던 중에 멈칫했다. 그러고는 시선을 돌려 주 교수의 병실이 있는 복도를 바라봤다.

마침 땡 소리와 함께 엘리베이터 문이 열렸다.

"현호야, 타자."

그를 부르는 황주혜.

"야, 뭐 해?"

재촉하는 조혁수.

"안 타?"

"…예."

엘리베이터에 타면서도 현호는 복도를 향한 시선을 거두지 않았다.

*　　　*　　　*

"오늘내일하는구만."

비가 쏟아지고 있었다. 때 이른 태풍을 등에 업어서인지 빗줄기가 자못 심각했다. 땅을 두드리는 소리에 귀가 멍멍하다.

투둑투둑, 투두둑.

손에 쥔 우산이 흔들린다. 우산대라도 부러질까 위태위태하다.

어제만 해도 제법 기온이 올랐는데, 비로 인해 입에서 하얀 입김이 새나왔다.

숨을 쉴 때마다, 말을 할 때마다.

"들어가시죠."

건장한 체구의 남자는 이 골목의 가장 큰 건물을 가리켰다.

당구장이며, 기원(棋院)이며, 이발원이며, 목욕탕 같은 상가가 더덕더덕 붙어 있는 건물이다.

'하필 이런 날에⋯⋯.'

박거성은 슬쩍 우산을 틀어 건물을 가리킨 남자를 바라봤다.

염병할 놈.

이 어두운 밤에 온통 검은 옷으로 치장을 한 탓에 누런 얼굴만 둥둥 떠 있었다.

선글라스까지 끼고 있으니 저놈이 앞은 제대로 보일까, 계단 밟다 코가 깨지는 건 아닐까 걱정스러울 정도였다.

하지만 그게 무슨 상관이람. 여기까지 온 거 부딪쳐야 한다.

박거성은 등 뒤의 타고 온 차를 스쳐보며 건물로 발길을 돌렸다.

여차하면 그의 오른팔 송만호가 차에서 튀어나오겠지만, 글쎄……. 거기까지 간다면 그 자신이나 송만호나 둘 다 죽은 목숨일 터.

계단을 밟고 올라가는 박거성의 걸음이 무겁다.

지금까지 남의 살가죽과 핏물 구덩이를 헤쳐 걸어왔는데, 겨우 계단 몇 개 밟는 것이 유독 힘이 들었다.

"좀 천천히 가세나."

3층 계단 중간쯤에서 박거성이 걸음을 멈췄다. 고개를 돌리니 창 너머 흐리흐리하게 달이 보인다.

달을 보는 박거성의 시선이 잠시 길을 잃었다가 제자리에 돌아왔다.

"가지."

다시 걸음을 재촉해 기원에 발을 들였다.

끼익.

출입문 경첩이 녹이 슬었는지 기괴한 소리가 난다.

기원 안에서는 TV 소리가 들리고 있었다.

아주 작게 볼륨을 줄여 놓은 듯했지만, 워낙 기원 안이 어둡고 음침해서 소리도 빛도 눈동자에 아로새겨졌다.

딱, 덜그럭.

한 남자가 창가 옆에서 바둑을 두고 있었다.

TV에서 흘러나오는 빛이 겨우 닿아서 남자의 얼굴을 아슬아슬 비추고 있었다.

'지랄을 하는구먼.'

저리해서 바둑판은 제대로 보일까.

박거성은 옆의 남자가 뭐라 지껄일 틈도 없이 그 앞으로 걸음을 옮겼다.

이어서 그의 행동은 간단했다.

바둑을 두는 남자 앞에서 허리를 깊이, 깊이 숙였다.

"강남 박태환이라고 합니다."

남자는 고개를 들라느니, 앉으라느니 하는 말은 않고 바둑통에 손을 넣어 한 움큼 바둑알을 집었다.

덜그럭, 덜그럭.

느릿느릿 바둑알을 고르고 있는 녀석의 행태에 열불이 터진다. 박거성은 일어나 녀석의 아가리를 찢어버리고 싶었다.

하지만 어쩌겠는가. 그랬다가는 목이 남아나지 않을 것을.

"고개 드시죠."

남자가 말했다. 박거성이 허리를 펴자 남자가 그 앞에 마주 앉을 것을 지시했다.

박거성은 낡은 철제 의자를 끄집어내며 바둑판을 스쳐봤다. 창가도 스쳐봤다. 건물 처마에서는 뚝뚝 비가 떨어지고, 하늘에서는 비가 쑤우우 쏟아지고 있었다.

"형세가 어떻습니까?"

남자가 물었다.

'청와대 민정수석 권원기.'

박거성은 남자의 모습에 마른침을 삼켰다. 이어 눈을 숙여 바둑판을 바라봤다.

"흑이… 좀 불리해 보입니다."

"그런가요. 난 유리하다고 생각했는데."

"흠……. 그렇다면 또 그런가 봅니다."

"훗."

권원기가 두 손을 들어 애써 만든 바둑판을 어질렀다.

조용하고 어두운 기원에 바둑알들이 어질러지는 소리가 지랄 맞게 들린 뒤에야,

딱, 딱.

권원기는 깨끗해진 바둑판에 흑돌과 백돌 하나씩을 올려놓았다.

TV 속의 아나운서는 소곤거리고 있었고, 흘러나온 빛으로 인해 권원기의 얼굴에는 명암이 나눠졌다.

"아무리 형세가 극으로 치닫는 바둑일지언정, 처음은 늘 이 둘에서 시작합니다."

"그렇지요."

"지금 상황도 그렇고 말이죠."

박거성은 잠시 대답을 주저했다.

지금 차현호와 삼현그룹을 두고 하는 얘기인 모양이다.

"각하께서는 더 이상 이 판에 바둑알이 올라오는 것을 원치 않으십니다."

"그 말은… 차현호를 멈추라는 얘기인가요?"

아마도 그런 모양인데.

'흠.'

박거성은 짧은 한숨을 감추지 못했다. 그러자 권원기가 다시 입을 열었다.

"아닙니다. 한쪽을 멈추라는 건 결국 패한다는 건데, 승패는 끝까지 가봐야 아는 거죠."

"…그럼?"

"무승부로 끝내세요."

"무승부요?"

"삼현에서는 삼현호텔을 포함해 계열사 3개를 강설희에게 넘길 겁니다. 그리고……."

권원기는 얘기를 잠시 멈추고 TV를 바라봤다. 아나운서는 강설희 납치 사건이라 불리는 사건의 후속 보도를 하고 있었다.

어제에 이어 이틀째, 아직까지는 mbs가 외압을 버티는 모양이었다.

"…나쁘지 않은 조건입니다. 안 그렇습니까?"

"예."

박거성은 처마에서 떨어지는 빗방울처럼 고개를 끄덕였다.

호텔과 계열사 3개면 나쁘지 않다.

그걸 받아들이면 무혈입성이라 볼 수도 있고.

하지만 문제는…….

'현호가 받아들일까.'

그 녀석은 골인 지점을 향해 질주하는 경주마다. 여태 멈춘 적이 없었다. 또 그래서도 안 된다.

한 번이라도 넘어진 말은 넘어졌을 때의 두려움이 머리에 각인되니까. 그래서 결정적인 순간에 주저하고 마니까.

그러니 차현호는 아직은 넘어져서는 안 된다.

'곤란하군.'

박거성은 청와대가 자신을 찾아올 줄은 상상도 하지 못했다. 지금까지 눈에 띈 행동을 자제한 것도 있고, 크게 위험한 선도 넘지 않았다.

"궁금합니까? 왜 당신을 찾아온 건지?"

권원기가 바둑판에서 시선을 떼고 박거성을 바라봤다. 그 시선에 박거성은 스르르 눈동자를 틀어 옆을 쳐다봤다.

더 정확히는 자신의 뒤를 돌아보고 싶었다.

뭐라도 날아들어 뒤통수를 후려칠까 숨이 탁 막힌다.

"뭘 그렇게 긴장을 합니까. 내가 권총으로 갈기기라도 할까 봐요? 하하하!"

드르륵.

권원기는 크게 웃은 뒤에 자리에서 일어났다. 의자를 제자리에 다시 두고 박거성을 내려다봤다.

"그쪽이라면 차현호를 멈출 수 있을 거라고 봐서 찾아왔으니 기대에 부응해 주시기 바랍니다."

그 말을 듣는 순간 박거성이 숙이던 고개를 다시 들었다.

차현호를 설득한다? 왜일까. 군이 왜 설득을 하는가.

청와대가 차현호를 설득해야 할 필요가 뭐가 있나. 그냥 위에서 누르면 되는 것을.

무승부를 언급한 것도 그렇다. 이유야 어찌 됐든 현호에게 쥐어 주겠다는 거 아닌가.

'왜?'

박거성은 주춤거리다가 물었다.

"각하의 뜻입니까?"

그 질문에 권원기의 미간이 찌푸려졌다. 여태와 달리 격한 반응이다.

"그럼 누구 뜻인데?"

이번에는 반말이다. 그 시선이 매섭다.

꿀꺽.

*   *   *

띠리리, 띠리리.

현호는 소리가 나는 쪽을 향해 고개를 돌렸다.

최근 사이에 휴대폰을 쓰는 사람들이 자주 보였다.

"여보세요?"

남자는 투박한 핸드폰을 귀에 가져가며 빗속으로 뛰어 들어갔다.

현호의 찌푸린 시선에 휴대폰의 '삼현'이란 로고가 보인다.

'슬슬 디지털 시대인가.'

하긴, 얼마 전에 아버지도 휴대폰을 구입한 듯했다. 하지만 현호는 아직까지는 아날로그의 향수를 즐기고 싶었다.

집에 전화기가 달려 있는 현재의 순간이 언젠가는 그리울 날이 올 거라는 걸 잘 알고 있으니 말이다.

'비가 언제 그치려나.'

현호는 공중전화 부스에 어깨를 기댔다.

박거성을 만나러 갔지만 자리에 없었다.

돌아오는 길에 뉴욕에 전화를 걸었는데, 통화가 길어졌다.

그 사이 비는 한결 거세졌다. 하지만 이렇게 거리의 사람들을 보고 있는 것도 나쁘지는 않았다.

"꺄!"

서너 명의 여자가 비를 피해 뛰고 있었다.

누구는 가방을 머리 위에 올리고 있었고, 누구는 여름 재킷을 뒤집어쓰고 있었다.

'응?'

손을 잡고 뛰고 있는 남녀도 있었다. 가게 간판 밑으로 피한 그들은 서로의 머리에 묻은 빗방울을 털어냈다.

그 모습이 보기 좋아서 현호는 잠시 지켜봤다.

"저기……."

느닷없이 들려온 고운 목소리에 현호는 고개를 돌렸다.

먼저 노란 우산이 보였고, 그 아래 가려진 얼굴이 반쯤 보였다. 하얀 바탕에 나비가 그려진 원피스가 보인다.

"누구……."

현호의 입이 천천히 열리는 것과 함께 우산이 들렸다.

그 아래서 드러난 얼굴을 보는 순간, 현호는 바로 그 사람을 알아볼 수 있었다.

"차현호… 맞죠?"

"여긴 어떻게……."

그녀는 전지우.

과거 신전그룹의 제주도 별장에서 현호와 인연이 닿은 여자였다.

"저 기억나요?"

그녀가 물었고, 현호는 고개를 끄덕였다.

어찌 잊을까.

당시 그녀에게 묘하게 끌려 잠시 흔들렸던 현호였다.

지금 생각하면 첫사랑인지도 모른다.

다시 태어났다 해도 아이의 몸이었으니 성장하며 거치는 감정이었을 것이다.

그런 그녀가 왜 여기에 있는 걸까.

"계속 거기 있을 거예요?"

그녀는 우산을 높이 들고 미소를 보였다. 현호는 고개를 끄덕이고 손을 내밀었다. 그녀의 우산을 대신 손에 들고 함께 빗속으로 들어갔다.

"이제 서울에서 사는 겁니까?"

현호가 물었다.

"예. 올라온 지 꽤 됐어요. 그때 그 일… 그렇게 되고, 서울 올라와서 학교 졸업하고 평범하게 살고 있어요."

"그렇구나."

거세진 비가 땅에 떨어진 것도 모자라 다시 뛰어올라 현호의 바짓단을 적셨다. 현호는 개의치 않고 걸음을 계속 내디뎠다.

"그동안 어떻게 지냈어요? 키도 많이 컸네."

현호는 예전에도 그녀보다 키가 컸지만, 그때보다 10센티미터는 더 컸으니 제법 키 차이가 났다. 이제는 그녀의 머리가 현호의 어깨에 간신히 닿을 정도였다.

"저야 뭐, 잘 지냈죠. 학교도 다니고, 직장도 다니고."

"신문으로 봤어요. 방송으로도 보고."

학력고사 만점으로 인해 전 국민이 한번쯤은 현호를 눈에 담았을 것이다.

단지 인연이 없던 사람들은 금세 잊어 버렸을 테고, 인연이 있던 사람들은 꽤 인상적으로 기억에 남았을 것이다. 그리고 전지우는 후자였다.

"그때 그 일, 아직도 가끔 생각나요."

그녀가 속삭였다.

"뭐가요?"

"그날 차에 타지 않았으면……. 현호 씨가 차 키를 붙잡았을 때, 내가 막지 않았다면."

강진우는 술에 취해 차에 탔고, 현호는 차 키를 뺏으려고 했었다. 하지만 전지우는 현호의 손을 붙잡는 것으로 그 행동을 멈추게 했다.

그렇게 강진우는 음주운전을 했고, 자동차 추락 사고로 사망했다.

질긴 인연의 끝은 너무도 허무했다.

"그때 내가 제주도에 안 갔다면……. 아니, 아예 강진우가 전학을 왔을 때 선을 그었다면, 아니면 차라리 두들겨 패서 근처에도 못 오게 했다면… 그런 후회 나도 해본 적 있습니다."

투둑투둑.

"하지만 달라지나요. 이미 지나간 거, 이미 벌어진 거… 그래서 관뒀습니다. 그런 생각하는 거."

투둑투둑.

"그게 쉬운가요?"

전지우가 걸음을 멈췄다. 그녀의 눈동자가 촉촉이 젖어 있었다. 얼굴이 많이 상해 보인다. 피곤해 보였고, 힘들어 보였다.

고작 6년이나 지났을까. 그녀는 여전히 20대이고 청춘인데, 왜 이렇게 지쳐 보일까.

그런 생각들이 잠시 스쳐갔지만 현호는 그녀에게 손을 뻗지 않았다. 쓰다듬어 위로해 주지도 않았고, 달콤한 말로 그녀를 안심시키지도 않았다.

그저 얘기를 했다.

"양 비서한테 전화하세요. 그리고 내가 신전그룹 강성환 회장을 만나고 싶다고 얘기하세요. 신전이 살고 싶으면 나를 봐야 할 거라고도 얘기하세요."

그녀가 당황했다.

"저기 현호 씨……."

"실망하지 않습니다. 지우 씨… 아니, 그쪽 입장 충분히 이해합니다. 그러니까 여기까지만."

현호는 그 말을 끝으로 그녀에게 우산을 넘겼다.

비를 맞으며 왔던 길을 되돌아갔다.

조금 떨어진 곳에 차 한 대가 서 있었다. 아까부터 느릿느릿 뒤를 쫓아왔던 차다.

현호는 가로수에 굴러다니는 돌을 집어 그대로 차의 앞 유리를 내려찍었다.

콰창!

차 안에는 카메라를 들고 있는 남자들이 있었다.

그리고 그들은 젖은 머리카락에서 빗방울을 뚝뚝 흘리는 분노한 차현호를 볼 수 있었다.

＊　　　　＊　　　　＊

"와, 이 사람들 미치겠네."

형사는 벌써 몇 차례나 미치겠다는 말을 반복했다. 콧수염에 인상까지 험악한 그는 지금 열 받아서 미치기 직전이었다. 찌푸린 얼굴을 도무지 펴질 못했다.

그도 그럴 것이, 현장에서 미친놈처럼 남의 차 앞 유리를 깨부수는 남자를 붙잡았는데, 피해자인 차주와 동승객은 그런 일이 없었다고 주장하고 있기 때문이다.

"다시 한 번 묻습니다. 저 사람이 앞 유리를 깼습니까, 안 깼습니까?"

"몇 번을 말씀드려요. 안 깼다니까요."

"이 사람들이 정말!"

형사가 책상을 쾅 내려치자 피해자들이 시선을 피하고 딴 짓을 했다.

그런 반면 가해자는 여전히 고개를 떳떳이 들고 있었다.

"이봐요, 차현호 씨."

형사는 다시 가해자를 돌아봤다. 어쨌든 현장에서 붙잡았다. 빼도 박도 못하는 증거가 이 두 눈에 담겼단 말이다.

"당신 미쳤어? 대낮에 짱돌로 차를 찍어? 강남이 조폭 영화 찍는 촬영장이야, 뭐야?"

"그래서 제 죄목이 뭡니까? 빨리 끝내죠."

"뭐?"

현호는 붉으락푸르락 열기가 피어오른 형사의 얼굴을 잠시 마주 보다가 고개를 돌렸다.

그러고는 옆에 앉은 세 남자를 바라봤지만 그들은 현호의 시선을 바로 외면했다.

"박 형사님, 제가 할게요."

왠지 익숙한 목소리에, 현호는 다시 고개를 들었다.

앞을 바라보니 여전히 화를 씩씩거리는 형사의 옆에 젊은 남자가 하나 서 있었다.

'허……. 이렇게 또 만나네.'

현호는 바로 그를 알아볼 수 있었다. 그는 이전 삶에서 현호의 고객 중 한 사람이던 퇴직 형사였다.

몇 번 술자리를 가진 적이 있었고, 현호는 당시 그에게서 들었던 얘기들을 떠올려 한유라 사건에서 적잖은 도움을 받은 적이 있었다.

"자, 다시 하죠."

자리를 바꾼 두 형사.

현호의 시선이 잠시 젊은 얼굴의 퇴직 형사를 향했다.

"왜요? 뭐, 할 말 있어요?"

그가 묻자 현호는 책상의 전화기를 향해 시선을 돌리고 말했다.

"전화 한 통 했으면 하는데요."

"어디요? 가족?"

"아니요."

현호가 더 이상 대답이 없자 형사는 자신 앞에 놓인 전화기를 돌려 그에게 건넸다. 현호는 손을 뻗어 수화기를 붙잡고 전화번호를 눌렀다.

잠시 신호가 이어지고, 상대가 전화를 받았다.

"검사님, 저 차현호입니다."

*   *   *

"누구야?"

"집입니다. 얘기 중에 죄송합니다."

통화를 끝내고 온 윤선기 검사는 기다리던 남자에게 양해를 구하고 자리에 마주 앉았다. 바로 이어 술잔을 가볍게 나눴다.

참치회 한 점을 입에 넣는 남자를 바라보는 윤선기 검사의 시선이 마냥 부드럽지만은 않았다.

"체하겠다. 체하겠어. 그만 좀 쳐다봐라."

삼현그룹 법무팀 허진. 그가 너스레를 떨며 젓가락을 내려 놓았다.

이어 냅킨으로 입술을 닦은 그는 여전히 입에 넣은 참치회의 고소한 여운을 느끼며 다시 입을 열었다.

"그쪽도 스탠바이지?"

"예."

윤선기는 고개를 끄덕였다. 어차피 서로가 알고 있는 사실이다. 숨길 이유가 없다.

현호는 언제든 움직일 준비가 돼 있으며, 그건 삼현그룹도 마찬가지였다.

"자, 더 마셔."

"예."

검사 출신의 허진은 과거에 삼현그룹의 사건을 하나 맡아 삼현그룹에 유리하게 마무리했다.

그 인연으로 검찰을 떠나 삼현그룹까지 흘러 들어갔고, 이후 삼현그룹의 소송에 허진이 다방면에서 활약을 하는 중이었다.

"참 나, 골치 아픈 일이야."

"그러게요."

윤선기 검사는 허진을 선배로서 대우해 주고 있었다. 자세를 낮춰 술을 따르자 허진이 그에게 말했다.

"삼현그룹, 쉽게 안 무너져. 알잖아?"

"그거야 대한민국 국민 모두가 아는 사실이죠."

"근데 왜 그래?"

이번에는 허진이 술 주전자를 받아 윤선기 검사의 잔을 채우며 눈썹을 기울였다.

"왜 그러긴요. 삼현그룹 무너뜨리자는 거 아니잖아요. 강설희의 권리를 인정해 주라, 이거지."

"그게 말이 돼? 그 새파랗게 어린애한테?"

"말이 안 될 건 또 어디 있습니까? 삼현그룹 문턱에 법전 깔면 발 걸려 넘어지는 건 삼현이지."

"허허."

허진이 웃으며 술잔을 비웠다. 그러더니 미소 지은 입술을 삐뚤게 만들고 물었다.

"진짜 법전 깔면 이긴다고 생각해?"

"지진 않겠죠."

그 말에 허진이 테이블을 툭툭 두드렸다. 넋두리처럼 상황을 관망한다.

"내 말이 그 말이야. 이미 빠져나갈 구멍은 다 만들어놨어. 대법까지 가는 데만 빨라야 2년이야. 판결은 언제 나오겠어? 또 그때 가면 강설희가 뭘 건지겠어? 빈껍데기 된 삼현호텔?"

"뭐, 이쪽도 그런 계산 못 했겠습니까?"

윤선기는 웃으며 말했지만 이쪽에서도 충분히 계산하고 있으며, 반격할 수 있는 여지가 있다는 뉘앙스를 풍겼다.

"에이, 술맛 떨어지네."

허진은 참치회 한 점을 집어 입에 구겨 넣었다. 그러자 윤선기가 다시 입을 열었다.

"그런 얘기하려고 저 부르신 거 아니잖아요. 하실 말씀 뭡니까?"

어차피 싸움은 시작됐다.

지금 언론의 목소리는 전쟁의 시작 전 기선 제압용 나팔을 불어 재끼는 것이나 다름없었다.

그리고 치고받는 향후의 행방을 가늠하기에는 서로가 물량 싸움인 것을 아는데, 굳이 이런 막후 자리만도 못 하는 술집 대화는 의미가 없었다.

"후……."

허진이 쭈읍, 술을 들이켜고 한숨을 길게 내쉬었다.

그러고는 잔을 내려놓더니 눈을 번쩍 치켜떴다.

"차현호, 그놈 라인… 누가 있는지, 어디에 뭐 하는 놈들인지… 목록만 적어서 가져와."

"가져오라고요?"

윤선기 검사가 눈을 찌푸렸다. 무슨 뜻인지 몰라서가 아니다.

"삼현 법무팀에 부장 자리 하나 빼뒀다. 너 와서 명패 하나 올리고, 한 반년 재수 씨하고 외국 한번 돌고 와."

"선배님."

"됐고."

허진은 가방을 열어 통장을 꺼내 테이블에 올렸다.

하지만 윤선기 검사는 통장에 손을 대지 않았다.

"아, 자식 폼 잡기는……."

답답해서 허진이 직접 통장을 열었다. 그리고 윤선기 검사에게 들이밀었다.

"10억이다. 여행 갔다 오면 40억 더 갈 거야. 그뿐이야? 네앞으로 집, 차, 별장, 거기다가 인센티브까지."

"인센티브요?"

"이런 계좌나 관리하면 해마다 1퍼센트 정도 떼 주거든. 알잖아?"

허진은 손톱으로 툭툭 통장을 두드렸다.

백억이 담기면 1억, 천억이 담기면 10억.

삼현그룹이 차명 계좌 관리하는 거야 모르는 검사가 어디 있나. 아니, 대한민국 기업 중에 차명 계좌 없는 기업이 있긴 할까.

"지금 현직 검사한테 뇌물 수수하는 겁니까?"

"미친 새끼. 네가 내 사건 맡은 적도 없는데 뇌물은……. 훗, 인마, 검사도 어차피 공무원이야. 너 계속 있어 봤자 결국에 검찰총장밖에 더 돼? 지검장 거치고, 고검장 거치고, 대체 어느 세월에?"

허진은 잠시 얘기를 관두고 윤선기 검사의 술잔을 채웠다. 이어 자신의 잔을 채우고 또다시 쭈읍 들이켜고 얘기를 이었다.

"너희 아버님… 올해 내려오시잖아?"

윤승태 현 대법원장.

"그건 또 무슨 말입니까?"

"이 일 끝나면, 삼현그룹에서 아버님 밀어드릴게. 내가 장담한다. 솔직히 우리야 직원 연줄이 청와대 안방 주인이 되는 건데, 안 할 이유가 없잖아? 10년이든, 20년이든 우리가 밀어드린다."

"선배님, 이 얘기 못 들은 걸로 할게요."

청와대라니.

"야, 이거 가능한 시나리오야. 이창희 총재도 대법관 출신이야, 인마."

"선배님…….."

"근데 둘 다는 못 가져. 너 검찰에 계속 있으면 너희 아버님

가야 하시는 길이 불편해진다. 청문회 봐. 지난번 법무부장관 청문회 할 때, 그 아들내미 겨우 평검사인데도 특혜니, 뭐 어쩌니 해가지고 말 많았잖아? 인마, 용이 승천하는 데 어쭙잖은 구렁이 새끼들이 곁에서 맴돌면 되겠어?"

"그만하시라니까요."

윤선기는 감정을 겨우 억누르고 참치회를 집어 허진의 앞에 내려놨다. 이 자리는 그저 먹는 데 집중하는 얘기였다.

하지만 허진은 멈추지 않았다. 아주 작정을 한 듯했다.

"찬대미? 그거 그냥 달콤한 유혹이야. 걔들이 뭘 하는데? 아무것도 못 해. 뭐, 배를 띄우는 건 할 수 있겠네. 근데 그게 다야. 중간에 뱃머리 돌릴 수도 없어, 방향도 못 잡아. 그냥 쭉 가다가 빙하에 부딪치면… 침몰하는 거야. 내가 지금 너한테 구명보트 던지는 거라고. 그것도 초호화 여객선으로다."

"훗……. 삼현그룹도 어지간히 발등에 불이 떨어졌나 봅니다. 선배님이 저를 찾아와서 이런 허언을 하고 있고."

"설사 하늘이 뒤집어져서 삼현그룹이 무너진다 치자. 그래도 절대 혼자 안 무너진다. 그땐 대한민국은 구조조정 들어가야 해."

드디어 허진이 얘기를 끝내고 윤선기 검사를 바라봤다.

이쯤 했으니 답을 달라는 것이다.

"차현호가 그러더군요. 머지않아 삼현 쪽에서 회유를 하러

올 거라고."

"뭐?"

"회유든, 설득이든 그때가면 상대방 얘기를 잘 듣고 판단을
하라고 하더군요."

"…뭘?"

"신뢰할 수 있는지 말입니다. 만약 삼현 쪽을 신뢰할 수 있
겠다는 생각이 들면 삼현의 제안을 받아들여도 자신은 상관
없다더군요."

"그래서? 넌 지금 누굴 신뢰하는데?"

"선배님, 우리가 애입니까? 신뢰는 무슨……. 그냥 전 이기
는 편에 설 겁니다."

"뭐?"

허진의 얼굴이 찌푸려졌다.

윤선기 검사가 자리에서 일어났다. 통장을 집지 않고 짧은
묵례 뒤에 뒤돌아 방을 나가려 했다.

그러자 허진이 재빨리 외쳐 물었다.

"그쪽이 이길 거라고 생각한다는 거야?"

"선배님, 나라면 말입니다. 내가 선배님이라면… 되레 삼현
그룹의 자료를 가지고 차현호에게 올 겁니다."

"뭐… 라고?"

"삼현그룹은 버틸 겁니다. 그건 무너지지 않아요. 근데 삼현

그룹의 수족들은 무너질 겁니다. 차현호, 그 녀석은 그렇게 할
수 있습니다."

윤선기 검사는 넋이 나가 있는 허진을 뒤로하고 식당을 빠
져나왔다.

이날 저녁, 미 국세청에서 특무부에 대량의 정보를 보내왔
다. 삼현그룹 임직원 42명에 대한 미국 내 자산 현황 및 탈세
의심 자산에 관련한 자료였다.

고요 속에 진격이 시작되고 있었다.

          *   *   *

"차현호가 누구야?"

"서장님?"

경찰서장이 헐레벌떡 들어오자 취조를 하던 형사가 벌떡 일
어났다.

"이분이 차현호 씨야?"

"예, 그런대요?"

형사가 떨떠름한 표정으로 되묻자 경찰서장이 눈을 부라리
고 외쳤다.

"뭣들 하는 거야! 빨리 훈방 조치해 드려!"

"해… 드리라고요?"

낯선 경어에 형사는 당황하고 있었다.

"뭐해!"

경찰서장은 현호를 경찰서 입구까지 배웅했다. 그는 현호에게 시간 날 때 서에 들려 차나 한잔하고 가라는 말까지 덧붙이며 깍듯하게 현호를 대했다.

심지어 집까지 태워다 주겠다는 것을 현호가 거절했다.

반면 차에 있던 세 명의 남자는 나오질 못했다.

현호가 윤선기 검사에게 상황을 얘기했고, 그들을 하룻밤 정도 경찰서에서 재우게 해달라고 했다.

"현호 씨."

경찰서 입구에는 전지우가 서 있었다.

얼마나 기다리고 있었던 걸까. 현호는 그녀를 잠시 쳐다보다가 시선을 돌렸다.

"현호 씨."

"그냥 가세요."

"난 진짜 몰랐어요. 저런 사람들이 따라올 줄은."

"압니다."

현호는 차창을 깨고 안에 있는 이들을 끄집어냈다.

지난날의 여린 감정까지 이용하려는 저들의 행태에 분노가 치밀었다.

이게 누구의 생각인지 듣고 싶었다.

신전인지, 삼현인지.

경찰이 그때 현장을 지나지 않았다면, 아마 현호는 스스로를 자제하지 못했을 것이다.

전지우의 등장은 강진우의 기억을 떠올리게 했고, 어찌 됐든 그 기억은 현호에게 있어 뼈아픈 실수이기도 했다.

어설픈 관용과 망설임이 만든 그때의 실수.

현호는 익히 그 순간을 이겨냈지만 전지우의 등장에 감정이 일순 흔들렸다.

'나는 아직도 멀었구나.'

후회와 함께 걸음이 빨라졌다. 그 곁을 전지우가 바싹 쫓고 있었다.

"잠깐 얘기 좀 해요."

"할 얘기 없어요."

현호는 계속해 나아갔다.

비가 그친 세상은 코끝에 맑은 공기를 닿게 했다. 담벼락의 나무에서는 잔재한 빗방울이 똑똑 떨어졌다.

이 모든 순간이 현호의 찌푸린 미간에 포착되고 있었다.

물론 등 뒤에서 쫓아오는 전지우의 숨결도 느껴졌다.

처음과 달리 그녀의 걸음은 급하지 않았다.

현호가 걸음을 늦췄기 때문이다. 두 사람은 적당한 간격을 두고 걸었다.

비 때문에 공쳐 다들 집에 간 건지, 택시 한 대도 보이지 않았다.

"언제까지 쫓아올 거예요?"

결국 현호가 뒤돌아 물었다. 그러자 그녀가 해맑게 웃으며 말했다.

"이제 돌아보네."

현호는 그녀의 환한 얼굴을 보는 순간 머뭇거렸다.

'이 여자……'

시선과 눈빛, 그녀의 미소가 그를 향한 다른 의미의 감정을 드러내고 있었다.

'그게… 벌써 몇 년 전인데.'

현호는 당황스러웠다.

그 이후 얼굴 한번 본 적이 없건만.

어쩌면 착각일까.

하지만 현호는 누구보다 잘 알고 있다. 자신의 능력이 가르쳐 준 속삭임이 진실이라는 것을.

"할 얘기가 뭐예요?"

현호의 목소리가 착 가라앉았다. 그녀가 한 발 다가왔다.

"잘 자라서 다행이에요."

그녀는 기쁨인지, 슬픔인지 모를 미소만을 간직하고 있었다.

"지우 씨, 그때 기억들 다 잊고… 행복하게 살아요."

"…후후, 그래야죠. 내가 해줄 말인데… 내가 그때 해줬어야 하는 말인데."

현호는 어쩌면 그녀가 강진우의 일에 자책을 하는 것은 자신 때문일지도 모른다는 생각을 해봤다. 그 잠시의 생각 뒤에 그녀를 향해 물었다.

"어디 아파요? 안색이 안 좋네요."

"아니요. 날이 서늘해서 그런가 봐요."

현호는 망설이다가 티셔츠 위에 걸치고 있던 남방셔츠를 벗었다. 이런 행동이 좋지 못하다는 것을 알지만, 그녀를 외면할 수가 없었다.

"자요."

"괜찮아요."

"자."

현호는 그녀의 어깨에 남방셔츠를 걸치고 단추 하나를 여며준 다음에 그녀의 눈을 똑바로 보고 말했다.

"아까 한 얘기 신경 쓰지 말아요. 신전그룹은 내가 알아서 찾아갈 테니까, 다시는 양 비서 만나지도 말고 이 옷도 그냥 버려요. 나 진짜… 다시는 지우 씨 안 볼 거니까. 찾아오면 진짜 나 화낼 거니까."

"현호 씨……."

"알겠어요?"

전지우는 힘겹게 고개를 끄덕였다. 현호가 고개를 돌리려는 그때, 그녀가 입술을 뗐다.

"저기……."

현호는 뒤돌아서 다시 그녀를 마주 봤다.

끝이라고 생각하니 그녀의 모습이 측은해 보였다.

"왜요?"

잠시 그녀는 아무 말도 하지 않았다. 그러더니 마지막으로 그를 향해 따뜻한 미소를 건네고 말했다.

"잘 있어요."

그 말을 끝으로 그녀는 현호에게서 멀어졌다.

*　　　*　　　*

삼현그룹이 반격을 시작했다.

그와 동시에 대한민국 4대 일간지는 온통 삼현의 기사로 도배됐다.

기사 내용은 주로 반박이었으며, 모략과 날조라는 키워드로 삼현그룹의 주장을 요약할 수 있었다.

강설희가 하는 모든 이야기는 허황된 모략이고, 유서는 날조된 종잇장에 불과하며, 더는 작금의 사태를 좌시하지 않겠다는 강력한 경고까지.

그렇다고 삼현그룹이 어떤 증거나 증인을 내세운 것은 아니었다. 그저 그룹 차원의 대응일 뿐이었다.

하지만 이를 기점으로 지금까지와는 분위기가 달라졌다.

이전에는 mbs와 주종일보의 논평이 차현호가 일으킨 기류에 부채질을 했다면, 이제는 대한민국 상당수 언론사가 삼현그룹이 일으킨 기류에 불을 떼 편승했다.

하지만 이와 중에도 일부 언론은 한 발자국 떨어져 상황을 관망하는 현명한 태도를 유지했다.

현재 강설희 모친의 유서 내용 일부가 mbs를 통해 보도됐지만 아직까지는 강설희가 한국에 오지 않은 상황이었다.

물론 소송 제기는 시작도 않은 상황이니 법적 공방이 이어질 계획도 없었다.

한마디로 말해, 시끄럽게 소리만 날 뿐 행동이 이어지질 않고 있는 것이다.

이에 일부 언론은 이상함을 느낄 수밖에 없었다. 상대가 상대이니만큼 강설희 입장에서야 상황을 관망하며 주저할 수도 있었다.

하지만 삼현그룹은 왜?

그들이 뭐가 아쉬워서 언론 반격도 수 일이 지난 지금에야 시작한단 말인가.

이건 마치 강설희는 실컷 판만 띄우고, 삼현그룹은 시간을 끌며 그 판 주위를 맴도는 격이었다. 그런데 그 같은 대치 상황이 다시금 묘하게 술렁이기 시작한 것이다.

삼현그룹의 반박 기사가 쏟아지고 몇 시간 뒤, mbs에서 후속 보도를 예고했다.

이번에는 뉴욕타임스에 실린 유서의 일부 내용 외 남은 유서 전문과 녹음테이프를 공개한다고 선전포고를 했다.

그러자 증권가에 소문이 돌기 시작했다.

해당 녹음테이프에 신전그룹의 치부가 들어 있다는 것이다.

한편 mbs의 후속 보도 예고가 나가고 3시간이 지난 시점에 현호는 자신의 집 앞에 대기 중이던 차량에 몸을 실었다.

"쓸데없는 짓은 하지 않았으면 합니다."

뒷좌석에 탄 현호가 나직이 경고하자 운전 중인 양 비서가 룸미러를 보며 대답했다.

"걱정하지 마십시오. 차는 문제없이 서초동까지 갈 겁니다."

양 비서의 말은 진심이었다.

현호는 그제야 잠시 팔짱을 끼고 눈을 감았다.

그러다 문득 지난번 생각이 떠올라서 물었다.

"몸은 좀 괜찮습니까?"

"예. 크게 다친 곳은 없습니다."

"다행이네요."

"신경 쓰지 마세요. 제가 잘 못했던……."

"신경 안 씁니다. 다음에 또 그런 일이 있으면 그때는 죽일지도 모릅니다."

현호의 말은 결코 농담이 아니었다. 심지어 침묵하는 양 비서를 향해 한 번 더 경고를 했다.

"그러니까 두 번 다시, 그런 일이 일어나서는 안 될 겁니다."

"…알겠습니다."

신전그룹 서초동 사옥에 도착하자 현호는 자신을 기다리고 있는 신전 측 임원들을 볼 수 있었다. 그들은 벌써부터 긴장하는 모습이었다.

하지만 개중에는 현호의 외적인 모습을 보고는 고개를 갸웃하는 이들도 있었다.

"기다리고 계십니다."

현호는 안내에 따라 로비를 가로질렀다. 로비를 지나던 신전의 직원들이 고개를 돌려 그를 바라봤다.

이를 시작으로 여기저기에서 시선이 쏠렸다.

임원들에게 둘러싸여 로비를 가로질러 오는 의문의 젊은 청년.

그들의 시선이 의아함으로 가득 찰 수밖에 없었다.

현호는 임원들과 엘리베이터에 올라탔고, 최상층 회장실에서 내렸다.

회장실 앞에는 비서가 자리하고 있었다.

현호를 시작으로 임원들이 엘리베이터에서 우르르 내리자, 그녀가 바로 일어나 회장실로 들어갔다. 잠시 뒤 나온 그녀는 미소와 함께 현호를 안내했다.

"회장님이 기다리십니다. 임원 여러분은 잠시 대기해 주세요."

현호는 열려진 문을 향해 걸어갔다.

마침내 신전그룹 회장 강성환과 재회하는 순간이었다.

*　　　*　　　*

"앉지."

현호의 눈에는 소파에 앉기를 권하는 강성환의 손길이 마치 날카로운 칼날 같았다.

당장에라도 휘두르고 싶은데, 때를 기다리는 듯했다.

"6년 만인가?"

강성환이 옅은 미소와 함께 물었다.

"예."

현호는 고개를 끄덕이던 중에 비서와 눈이 마주쳤다.

"회장님, 차는 어떤 걸로 준비할까요?"

"뭐 마실 텐가?"

"저는 커피 마시겠습니다."

"커피 두 잔."

"예, 바로 준비하겠습니다."

비서가 나가자 강성환이 목소리를 가다듬고 혼잣말을 중얼 거렸다.

"흠, 벌써 커피 맛을 아는 나이가 된 건가."

강성환의 혼잣말은 무슨 의미일까.

현호의 나이와 강성환 자신의 연륜을 비교하는 것일 수도 있고, 그도 아니면 가슴에 묻은 자식의 흔적을 현호에게서 찾 는 건지도 모른다.

"부모님은 잘 지내시고?"

강성환이 눈썹을 들썩이며 물었다. 입가에 붙어 있는 그의 미소가 예전보다는 많이 유해진 느낌이었다.

"잘 지내십니다. 건강하시고요."

현호는 대충 고개를 끄덕였다. 강성환의 장단에 맞춰주는 것도 그리 나쁘지는 않았지만, 쓸데없는 소리에 귀 기울이고 싶은 생각은 없었다.

"다행이구만."

강성환의 짧은 한숨이 이어졌다.

잠시 뒤 노크 소리와 함께 비서가 들어왔다.

현호는 자신 앞에 놓이는 커피 잔의 덜그럭거리는 소리를 귀에 담다가 고개를 돌려 다시 강성환을 바라봤다.

"왜 그러셨습니까?"

"응? 뭐가?"

"설희, 강설희 씨 말입니다."

"훗, 이것 참… 꾸중 듣는 기분이구만."

강성환은 손을 뻗어 커피 잔을 손에 쥐었다.

커피를 마시는 그의 팔 동작이 묵직해 보였다.

잔을 내려놓은 뒤에는 그가 허공을 잠깐 응시했다. 눈동자에 생기가 없어보였다.

"제주도에서 자네를 처음 봤을 때… 참 남달랐어."

"이제 그만하시죠. 계속 들어줄까 했는데, 여기까지만 하겠습니다."

"응?"

강성환의 얼굴이 찌푸려졌다.

가진 것 하나 없는 세무사가 주눅이 들어 감히 마주하지도 못했던 그 얼굴이다.

"그동안 신전에서 절 감시했다는 거 알고 있습니다. 늘 느꼈으니까요."

"그게 무슨……."

"회장님… 다음부터 연기는 하지 마세요. 어울리지 않습니다."

현호는 강성환의 턱 끝에 경련이 일어나는 걸 볼 수 있었다.

물론 그렇다고 멈출 생각은 없었다.

"후회한 적 없으십니까? 강진우를 그렇게 제멋대로 키운 것에 대해서."

"후회?"

이제야 강성환은 적의를 분명이 드러내 놓고 현호를 마주했다.

"내가 후회한 건 한 가지야. 왜 지켜만 봤을까, 차라리 널 일찍이 처리했어야 했는데."

"그래서 방탕한 생활 좀 했습니다. 흥선대원군이 왜 그런 행동을 했는지 이해가 갔다고 하면… 그 느낌 아실지 모르겠네요."

덕분에 대학 새내기 시절에는 동기들에게서 많은 오해를 받았다.

"하하, 내가 지금… 널 죽일 수도 있어."

강성환이 눈썹을 꿈틀대며 노려본다.

하지만 정작 그 노려본 시선이 현호는 안타까웠다.

'쯧쯧… 좀 더 능글맞은 호랑이였으면 좋았을 것을.'

이미 강성환에 대한 실망은 제주도에서 실컷 한 현호였다. 차라리 좀 더 연기를 하게 내버려 둘 것을 하는 후회가 들 정도였다.

"반대로 생각은 못 하십니까?"

"반대?"

"제가 회장님을 죽일 수도 있습니다."

현호는 웃으며 말했다.

"훗, 역시나… 네가 진우보다는 난놈이야."

소파 팔걸이에 걸쳐 있는 강성환의 팔이 떨린다.

아마 커피 잔을 손에 움켜쥐어 집어 던지고 싶은 걸 참고 있는지도 모르겠다.

"긴 얘기 하지 않겠습니다. 빨리 끝내고 가죠."

"말… 해."

들끓은 화로 인해 강성환의 목소리가 떨렸다. 현호는 아랑곳 않고 얘기를 꺼냈다.

"인정하는 겁니다."

"뭐?"

"mbs 보도 내용을 인정하라는 얘기입니다."

"그게 무슨 헛소리야!"

강성환의 손이 팔걸이를 움켜쥔다. 뿌드드, 하는 소리가 울렸다.

"그러면 신전은 살 수 있습니다."

"뭐라고? 그게 무슨……."

"인정은 하지만, 책임은 삼현그룹에게 지우라는 겁니다."

그제야 강성환의 눈동자에 생각이 스쳐갔다.

"우리 보고… 삼현을 배신하라는 얘긴가?"

"mbs 후속 보도가 나가면 신전은 반인륜적인 기업으로 낙인찍힐 겁니다. 삼현이야 경영권을 지키기 위해서 그랬다지만 신전은 자신들의 딸을 오로지 눈앞의 이익 때문에 억압하고 핍박하고 버린 거니까."

현호의 지적에 강성환은 입을 열기를 주저했다. 그 역시 답을 잘 알고 있을 것이다.

"아니면, 삼현그룹이 뭔가 반전을 가져올 거라 기대하는 겁니까? 그도 아니면, 삼현그룹이 시간을 질질 끌어서 결국에는 버티는 것을 기대하는 겁니까? 그 안에 신전이 입은 피해를 삼현이 보상해 줄 거라고 믿는 겁니까?"

모두 강성환이 고려한 숱한 계획 중 하나일 것이다.

"근데 다른 생각은 안 하십니까?"

이제 현호는 입가에 미소까지 띠고 계속했다.

"…뭘?"

"삼현그룹이 주춤하면 그 자리를 신전이 차지할 수도 있지 않을까, 하는."

물론 그 생각도 했겠지. 단지, 속마음을 겉으로 드러내는 게 아직은 자신이 없었겠지.

"그렇게 단순하게 볼 문제가 아니야."

강성환이 자리에서 일어났다.

여태의 무능한 아버지의 모습보다는 좀 더 제대로 된 모습이다. 잃어버린 아들로 인한 감정들이 걷히고 지금은 오로지 신전의 주인으로서 실익만을 따지는 모습이었다.

"복잡해 봤자 어차피 여러 사람의 머리에서 나오는 생각입니다. 답은 늘 심플합니다. 이 경우에는 세 가지겠네요. 삼현을 배신한다, 삼현을 믿고 간다, 아니면 같이 무너진다."

강성환은 자신의 책상으로 걸어가 명패에 손을 얹었다.

수놓인 자개를 매만지더니 고개를 틀어 현호를 돌아봤다.

"생각해 보지."

"알겠습니다. 그럼 선택을 돕기 위해서, 선물을 하나 놓고 가죠."

현호는 가지고 온 대 봉투를 테이블 위에 내려놓았다. 그러고는 뒤돌아보지도 않고 회장실을 빠져나갔다.

그 거침없는 행동에 강성환은 숨이 틀어 막히는 기분이었다.

'흠⋯⋯.'

홀로 남은 강성환은 저벅저벅 걸어 테이블로 향했다. 그리고 봉투를 손에 쥐었다.

뒤집어 보니 서류가 나왔다.

몇 장을 훑어본 강성환은 헛웃음과 함께 소파에 주저앉았다.

'차현호의 움직임을 감시한 게 아니라, 녀석의 움직임을 구

경만 하고 있었구나……'

자료는 신전그룹의 비자금 내용이었다.

대체 이것들을 그 녀석이 어떻게 알았단 말인가.

"양 비서!"

강성환이 목소리를 높였다. 곧바로 회장실에 양 비서가 뛰어 들어왔다.

"부르셨습니까, 회장님."

"당장 삼현에 연락해……."

절대 차현호에게 굴복하지 않는다. 그럴 이유가 없었다. 녀석을 부수어 버리겠다.

강성환의 눈이 붉게 타들어가는 그때였다.

"회장님……!"

밖에 있던 다른 비서가 뛰어 들어왔다. 초조하고 급박한 얼굴이었다.

하지만 강성환은 돌아보지 않았다. 분노한 그의 손은 비자금 내용이 담긴 서류를 짓이기고 있었다.

"회장님……."

"왜!"

그는 고함을 버럭 지르고 고개를 돌렸다. 그러자 비서가 마른침을 꿀꺽 삼키고 테이블에 놓인 TV 리모컨을 들어 꾹 눌렀다.

속보를 알려드립니다. 삼현그룹 경영 기획 팀 박태용 상무가 뉴욕에서 FBI에 의해 긴급 체포됐다는 소식입니다. 박 상무는 현지 시간으로…….

뉴스를 보는 강성환 회장의 얼굴이 반쯤 넋이 나가 있었다.

그 시선이 잠시 동안 TV와 서류를 번갈아 보고나서 한곳에 멈췄다.

"양 비서… 삼현그룹… 모든 연락망 차단해. 그리고 정리할 거… 정리해."

『세무사 차현호』 7권에 계속…

초대형 24시 만화방

신간 100%, 샤워실, 흡연실, 수면실(침대석), 커플석, 세탁기 완비

■ 강북 노원역점 ■

운전면허 시험장
⑨ ⑩
4호선 노원역
② ①
롯데백화점 24시 만화방 순복음
교회

서울 노원구 상계동 340-6 노원역 1번 출구 앞 3층
02) 951-8324 (화용빌딩 3층)

■ 일산 정발산역점 ■

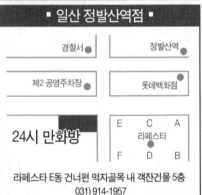

경찰서 정발산역
제2 공영주차장 롯데백화점

24시 만화방

E C A
라페스타
F D B

라페스타 E동 건너편 먹자골목 내 객잔건물 5층
031) 914-1957

■ 일산 화정역점 ■

덕양구청
③ ④
화정역
② ①
세이브존
롯데마트 이마트

24시 만화방 화정중앙공원 화정동 성당

경기도 고양시 덕양구 화정동 984번지 서일빌딩 7층
031) 979-4874 (서일사우나 건물 7층)

■ 부천 역곡역점 ■

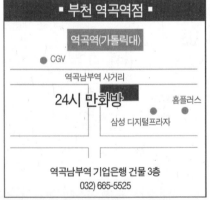

역곡역(가톨릭대)
● CGV
역곡남부역 사거리
24시 만화방 홈플러스
삼성 디지털프라자

역곡남부역 기업은행 건물 3층
032) 665-5525

■ 부평역점 ■

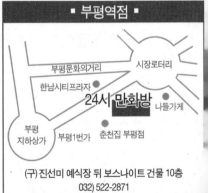

부평문화의거리 시장로터리
한남시티프라자
24시 만화방 나들가게
부평 부평1번가 춘천집 부평점
지하상가

(구) 진선미 예식장 뒤 보스나이트 건물 10층
032) 522-2871

사략함대 장편소설

FUSION FANTASTIC STORY

2016년 대한민국을 뒤흔들 거대한 폭풍이 온다!

『법보다 주먹!』

깡으로, 악으로 밤의 세계를 살아가던 박동철.
그는 어느 날 싱크홀에 빠진다.

정신을 차린 박동철의 시야에 들어온 건 고등학교 교실.
그리고 그에게 걸려온 의문의 ARS는 그를 새로운 인생으로 이끄는데……

빈익빈 부익부가 팽배한 세상, 썩어버린 세상을 타파하라!

법이 안 된다면 주먹으로!
대한민국을 뒤바꿀 검사 박동철의 전설이 시작된다!

Book Publishing CHUNGEORAM

유행이 아닌 자유추구 -
WWW.chungeoram.com

연기의 신

FUSION FANTASTIC STORY

서산화 장편소설

GOD OF ACTING

PRODUCTION
DIRECTOR
CAMERA
DATE   SCENE   TAKE

무대, 영화, 방송…
모든 '연기'의 중심에 서다!

『연기의 신』

목소리를 잃고 마임 배우로 활동하던 이도원은
계획된 살인 사건에 휘말려 비참한 죽음을 맞이한다.
그런 그에게 주어진 특별한 기회, 타임 슬립.

"저는 당신의 가면 속 심연을 끌어내는 배우입니다."

이제 그의 연기가 관객을 지배한다!
20년 전으로 되돌아가 완전한 배우로서의
삶을 꿈꾸는 이도원의 일대기!

Book Publishing CHUNGEORAM

유행이 아닌 자유추구 -
WWW.chungeoram.com